# トウキョウ下町ＳＦアンソロジー

## この中に僕たちは生きている

トウキョウ下町SF作家の会 編



KAGUYA
Books

社会評論社

# はじめに

本アンソロジーは作品の公募を行った。テーマは「下町とはSFの証明なり」。文面を考えたのはトウキョウ下町SF作家の会の斧田（S担当）だが、正直に告白すると下町ってなんなのか、今もって全然わからない。考えれば考えるほどわからなくなってくる。

本アンソロジーの発端は、デビューしたばかり（当時）の斧田とデビューしたばかり（当時）の大木が夜の上野公園で出会ってしまったところからはじまる。というとなんだかメロいが（メロいとは？）、お互いにデビュー作が世に出るまで苦労したこともあって、この先も作家として生き延びることができるのかと不安を抱えていた。どうにかして作品を発表する場を勝ち取らねばならない。しかし最近はSFでデビューする新人が多く、待っていても発表の機会にありつけそうにない。だったら自分たちで企画作って、本出してもらおう！　こうして本アンソロジー企画は始動したのであった。

といっても、このとき決まっていたのは東京下町をテーマに「なんかやる」ということだけ。ちょうどKaguya Booksで京都SFアンソロジーと大阪SFアンソロジーが出版された頃で、東京下町のSFアンソロジーをやってみるのはどうでしょう、とお話をいただいた。

しかしである。

東京のアンソロジーって……やりづらくないです？

なにしろ「東京」ではなく「東京下町」である。都道府県単位ではなく二十三区の、それも一部地域である。「東京下町」があるということは「東京下町以外」もあるのかって話である。「東京は複数のアンソロジーがあって優遇されてる」といった批判は避けて通れない。そのうえ多摩地域や島嶼部は別として、東京には「東京にしかないもの」があまりない。東京にあるものってすぐに他の地域に進出してしまうし、全体的に住宅地かオフィス街なので観光地感がないし、比較対象となるのは外国の大都市だから日本人には目新しさがないし、特徴がないのが特徴というか、東京にあるものは全部普遍化してしまうというか……斧田は地方出身者なのでそういう東京のちょっと傲慢な悩みには、なーに日本の代表ヅラしてんねんと思ったりもするのだが、でも実際に考え始めると――うーん、困りましたね。

というかんじで、東京下町をテーマにしたＳＦアンソロジーを編むのは結構おそるおそるだった。発案者二人が女性ということもあって、いわゆる「女性らしいＳＦ」と評されるものを避けようと、はじめは下町×ＡＩまたはブロックチェーンまたはＩｏＴを題材にしたＳＦにしようという構想もあったのだが、依頼や公募で集まってきた作品がさまざまな方向から下町を、そしてＳＦを書いていて、だんだん勇気が湧いてきた。しかもどれもおもしろい。もしかして東京下町×ＳＦって……いいんじゃないか？

公募の際、「『ＳＦも下町も私がいないと寂しいと思います』という強火な愛で、帰納的にＳＦを証明する作品が集まれば良いと思う」なんて小難しいことを言いましたが、それにしても強火なものばかりが集まったものだ。東京下町のことをよく知らない方も、東京下町に屈託がある方もない方もぜひ読んで、新たなる下町とＳＦの切り口を楽しんでいただければと思う。

斧田小夜

# 目次

# 東京ハクビシン

大竹竜平

*——私は鉄風。下町を疾走するハクビシンにございます。*

鉄風。またの名を雷獣、ムジナ、千年鼹《せんねんもぐら》。時には仮面をかぶった大食漢。本名は不明、身元は東京新橋にありますハクビシンが私めにございます。どうぞ好きな名前で呼んでいただいて構いません。食べるものには少々拘《こだわ》りがございますが、それ以外はとんと無頓着。着るものや家族は持たず、小さなキャメラを小脇に抱え、今夜もここ新橋烏森《しんばしからすもり》のガード下から生配信でお送りいたしております。

さて、お久しぶりの方もいるでしょう。初めての方、どうぞよろしく。本日は無骨な街灯に伸びまする電線の上から、ほろ酔いの俸給生活者の殿方たちを見下ろす形でお送りしております。鉄風チャンネルの配信は今夜で三度目。私、令和を生きるハクビシンの日常を徒然《つれづれ》なるままにご覧いただこうというのが、この配信のコンセプト。なに、そんな堅苦しいものではございません。暖かい寝床で、どうぞ楽な格好でご覧ください。私はいつだって皆様の気さくな隣人でございます。ここ東京には同胞が数多く生息し、日々、都会の喧騒に息を潜めているのです。

私共が電線の上を颯爽と走る姿を見た方もいるでしょう。縞模様の顔に細っそりとした体型、長い尾っぽ。雌雄の違いは然程《さほど》ございません。それでも個体差は存外にはっきりしてまして、頭頂から鼻すじに伸びます白い毛並みなんて、ずいぶんと生き方が滲むようです。なんせ漢字で白い鼻の芯と書きましてハクビシンと読む。全身の毛色も黒、茶、灰と多様性に富んでいます。キャメラには映りませんが陰嚢《いんのう》から漂う麝香《じゃこう》の香りは……。や失礼、さて本日は早速、真下に見えます香ばしい焼き鳥のにおいに導かれて、はるばる寝床から馳せ参じた次第でございます。黒々と光るレバーに、初雪のように白いナンコツ、肉汁滴《したた》る手羽先が行儀よく皿の上で隊列を組む様をまずはとくとご覧ください。

ここで電線からストンと卓の上に落ちまして、肉をかっさらい、殿方たちの宴に水を差すつもりは毛ほどもございません。そんなのは田舎者、ドサのやり方です。宴がひとしきり盛り上がり、私の好物が運ばれて、酔いに任せて箸から滑り落ちるまでじっと待つ。これが鉄風スタイルだ。今宵の獲物は『柿のなます』でございます。新橋中の飲み屋を徘徊しまして、ようやく見つけた夕焼け色に輝くご馳走。三度の飯を五度食べても柿がいい。

苦しい夏を烏森の神社で耐え忍び、木枯らしが労働者のコートをばさばさと鳴らす頃、やっと実った艶《つや》やかな果実でございます。私、一介の種子散布者として種ごと飲み込んで、都会に柿の森をつくるのが夢なのです。桃栗三年柿八年、柚子の大馬鹿十八年。私の寿命はあと数年、それでもきっと次の世代に楽園を見せてやろうと、日々種を飲み込み、種をばら撒く使命に内心燃えているのでございます。

ほら、そんな夢路を語る間に運ばれました有田焼の丸小鉢。欠けているのもご愛嬌でございましょう。山盛りによそわれた柿のなますが、今、屋外座席に悠々とご到着。満腹な殿方たちの箸休め、最後の一杯を胃に流し込むなら、さっぱりとした滋味に限ります。ふらふら揺れる箸が柿を摘《つま》めば、ぽとりと落ちる。ほら落ちた！　落ちましたよ。漆黒のコンクリートに濡れた柿のコントラストが目に沁みる。

ここから少々映像が乱れますので、予めご承知おきを。なんせ私が鉄風なんぞと呼ばれる謂《いわ》れがその速さ。風のように走り、風のように去る。風のように鋭く、鉄の鋲打たれた橋をも切り裂くその姿。とくとご覧くださいませ。一、二の、三で、ややややっ！

＊

ハロー、シンバシ。ご機嫌よう。鉄風チャンネルが今日も徒然と配信中。初めての方、どうぞよろしく。本日はずいぶんと暗い場所から小声で失礼しております。都会に暮らすネコ目ジャコウネコ科の私にとって、たまの暗闇ほどホッと落ち着く居場所はございません。赤提灯《ちょうちん》や蛍光灯、タクシーの前照灯が犇《ひし》めくここ新橋で、夜目《よめ》のきかない人間にはそう簡単に見つけることができない穴場です。あいにく、具体的な住所はお答えできません。駅から少し離れた位置にひっそりと佇《たたず》む住宅に只今馳せ参じました。戦後に建った古い民家の屋根裏でございますから、歩けばギギギと音が鳴る。クモ、ゴキブリ、ネズミの連中を掻き分けて、やってきました溜め糞場。何を隠そうこちらはハクビシンの集会所で、出会いの場です。排泄物のにおいを通して、濃厚なコミュニケーションが日々交換されている訳なんです。個体の性質、食事環境、性周期もよくわかる。私、鼻から脳が破裂するほどの情報量を摂取し続けております。

そこで本日の配信では、数日前にここで感じた森のように爽やかな香りの持ち主について、考察してみようと思う次第でございます。都会で暮らすハクビシンには持ち得ないスウと吹き抜ける清涼感に、私はひと嗅ぎで心奪われてしまいました。ここ最近は寝食も忘れ、体毛は抜け落ち、散々な目にあっております。甘美な残り香の気配から、姫君なのは疑いようがございません。松や花の香りに包まれて、潮水混じる産湯《うぶゆ》ですくすくと育ったのでしょう。私のようにモツ屋の天井裏で生まれた油塗《まみ》れのムジナとは、一味も二味も違う訳です。仲間たちも専《もっぱ》らこの姫君の話題で持ちきりでございます。

道すがらに出くわしましたアナグマの兄貴に聞いたところ、どうも見慣れぬハクビシンの情報がポツリポツリと散見された。環状二号線を寝床にしますハシブトのカラスが、汐留《しおどめ》と新橋を行き来する栗毛の姫を目撃したそうだ。コンラッド東京をナワバリにするハイソな野良猫とお茶会を開く姿を見たって輩もいる。私それを聞いてすぐにピンと来たのでございます。点と点、新橋と汐留を線で結んだその先に、かつて徳川将軍家が所有した巨大な大名庭園があるのでございます。そう、雅な香りの持ち主は、浜離宮恩賜庭園《はまりきゅうおんしていえん》の姫君なんじゃないかって。いやきっとそうに違いない。環状線に阻まれた異郷からはるばるやってくるのでございますから、さぞかし警戒心の強い方でございましょう。盗んだパンを咥《くわ》えて、道の角で二匹が偶然ぶつかるなんて奇跡は万に一つもおきません。ここは私自ら、ひとめ浜の姫君に会いに出向こうかと思案に暮れているのでございます。

しかし、姫君がこんな下町に訪れるのも訳あってのことでしょう。背に腹は代えられぬ事情があるはずだ。私のような配信ムジナが、眼光鋭く追いかけ回せば、不快な思いをさせてしまうことは必至です。ですから今日の所はひとまず、私の存在だけでも記すべく屋根裏に昂《たかぶ》る感情を擦りつけて帰ろうと思います。何重にも混ざりあった同じムジナのにおいを掻き消すために、柱が削れるほどに麝香を塗りつけてみせましょう。や、ごめん失礼。そりゃそりゃそりゃ、そりゃそりゃそりゃ。ふー、こんなもんでしょう。あんまり長居をしては警戒される。今夜はこれで失敬します。

＊

どうもご機嫌よう。鉄風チャンネルが久方ぶりに配信中、いやはや随分と時間が空いてしまいました。東京では、ビルの屋上に初雪が観測されたってカラスが喚いております。いや、流石に冷えますね。ここ新橋三丁目の桜田公園にはひとっこ一人、猫の一匹もおりません。まるまる膨れた鳩たちが生垣の蔭で鼾《いびき》をかくばかり。さて暫《しばら》く配信ができない事情があった訳でございますが、まずは無い襟を正して謝罪させていただきたい。先日の夜々中、駅前の狸《たぬ》広《こう》の像前で、大立ち回りの大喧嘩をしたのは私めに間違いございません。あいすみません。

……何、つまらない喧嘩でございましたが、どうも巷《ちまた》で騒がれていると聞きまして、暫く身を潜めていた次第でございます。今回は謝罪と一緒に、幾分か釈明の機会にと動画を配信させていただきたい。相手は銀座のアライグマでございました。この辺りではちょいと有名で名は金髭、体重は十キロはくだらない巨漢の持ち主でございます。向こうはブランデーをたらふく飲んできた帰りでしょう。すっかり酩酊状態でして、駅前ビル一号館の狸広の像にくだを巻いて、小便をひっかける姿を私が偶然目撃したのでございます。狸広といえば新橋の皆様に日々愛される開運の像でございますから、私、黙ってはおられずに、お辞めなさいって忠告した所、口喧嘩になったのです。

私はその日も浜の姫君の微かな足取りを追っておりました。一向に出会えない苛立ちと、寒さも手伝いまして、ついカッとなって米国縞狸だなんて侮辱してしまった。そしたら向こうも台湾猫野郎と罵《のの》りまして、互いの故郷を口悪く批判し合い、気づけば一塊の肉団子。大乱闘が始まってしまったという訳です。やあ、お恥ずかしい限りです。なんせ向こうは特定外来生物に認定されたギャングでございます。喧嘩が滅法強い。私の三倍はある大きな身体で飛び乗られれば、全力で抵抗しないと圧死は必須。お互いに毛皮になるのは御免ですから、人様に捕まる前に、いざ迅速に勝負を決めるしかありません。私は耳を狙い、金髭は尾っぽを狙って齧《かじ》り付こうとぐるぐるぐーるぐる。鉄風の名にかけて、私が一瞬早くガブリと耳を噛んだ。すると旦那は急にしおらしく泣き出しました。

ああ、狸の奴が羨ましい。こんな生活が口惜しい。なんて喚きはじめたのでございます。私もすっかり戦意を失いまして、ここじゃアレだからと、目の前の地下駐車場に連れ出しまして話を聞いてやったのであります。金髭は怒涛《どとう》の勢いで身の上の不幸を語りました。どうやら仲間のアライグマが次々と行政の仕掛けた箱罠に捕まり、殺処分されているというのです。その日も兄弟分が捕まって、ヤケ酒をしこたま飲んできたようでした。こいつは対岸の火事とは思えません。新橋でもゴミ出しルールの徹底、庭木に残る果実の処理、ねぐらとなる家屋の破損修理など、じわじわと窮屈な生き方を迫られている。銀座に住まう特定外来生物なんて、その日生きるのがやっとなのでしょう。それから拾ったチューハイの缶を回し飲みしながら、朝まで傷を舐め合ったのでございます。私たちは決っして祖国の地を踏めない外来種。生まれながらに肩身の狭い暮らしです。かつては大きい顔して新橋で暮らしていた狸狐狼だって、鉄道に獣道を奪われて行方を眩《くら》ませたそうじゃないか。なんとか私たちだけでも、ここ東京を終《つい》の住処に気張って生きていこうよと誓い合ったのでございました。
以上が事の顛末《てんまつ》になりますが、どうぞ皆様、アライグマを温かい眼で見守って欲しいのです。湿っぽい話になりましたが、今日のところはここでご勘弁を。これから金髭と新橋で一杯やってきます。酒と肴《さかな》と情けには苦労しない町だ。ではまた近々、次の配信でお会いしましょう。

*

チャオ。鉄風チャンネルへようこそ。本日は私、汐留のイタリア街まで、はるばる足を延ばして参りました。山手線を脇目にずいずい南下しまして、ロマンチックな広場に辿り着いた所でございます。異国の建築に囲まれて、石畳と爪が当たる音もいなせな気分を盛り上げます。同じ港区であってもこんなに風景が違うのでございますね。さて私、今日はとある噂を嗅ぎつけました。どうも浜の姫君がここイタリア街に足繁《しげ》く通っているとのことなんです。やはり姫の通う飯屋は一味違う。踏まれた肉やポテトフライ、蕎麦の切れ端はお口に合わないのでございましょうか。トマト、チーズ、カルパッチョ、パスタに生ハム。そんな華やかな飯の気配に、私は少しばかり気後れしています。
なんでも姫君は浜離宮恩賜庭園から、鉄道架線を渡ってここにやってくるようです。ゆりかもめで暮らすカラスの一座に聞いた確かな情報で、間違いはございません。只今、石造りのビルヂングに張り付いた群青の時計が深夜零時を過ぎたばかり、そろそろ姿をお見せになる頃合いにございます。いやなに、緊張などしていませんよ。お邪魔のないように、この眼で一度その姿を見てみたい。それだけでございます。鴨場《かもば》の小覗《このぞき》からそっと池の様子を伺うように、こうやって街路樹の葉に紛れて、じっと待つことしかできません。生憎の寒波で震える夜でございますが、私の胸には赤提灯が熱く輝いているのです。しばらく画面は退屈でしょうが、どうぞゆるりとお待ちください。

……それにしても、なかなか姿が見えませんね。なに、まだ慌てる時間じゃございません。終電が終われば架線を安心して渡れますから、そろそろ動き出す頃でしょう。私、新橋をナワバリに生きてますゆえ、あの線路を越えたことはございません。カラスのように羽があればヒュンと飛んで会いに行けるんでしょうが、ハクビシンに生まれたこの宿命、じっと待つのは得意です。柿の実が色付くのを待つより訳ない苦労でございます。ほら、こんな寒い夜にも酔い潰れた殿方がいる。石畳に頭を擦り、糸を切られたように動かない。始発の汽笛を合図に明け方ムクリと動きだし、ネズミと仲良く泥人形のように駅に向かう。まるでハーメルンだ。新橋にも笛吹男がいるのでしょうか。さてもうすぐだ、姫君の気配を見逃してはなりませんよ。じっと息を潜めましょう。

……来ない。来ない。来ない。おお寒い。街路樹の下に、酔い潰れた殿方が増えるばかりでございます。山のように重なって暖を取るって寸法でしょうか恨めしい。こちら一匹、示威力《じい》を持たない単身の爽やかな風でございますから、この身だけが頼りです。しかし私共は寒さに弱い生き物だ。冬眠こそはしませんが、せっかく蓄えた脂肪がみるみる減っていくように感じます。風邪を引く前にお暇《いとま》しましょうかと何度迷ったことでしょう。いや、もう少しの我慢だ。頭上の小さな空のお星が光る間は、じっと耐えてみせましょう。

……………ご覧ください。朝焼けでございます。今宵はこれを皆さんにお見せしたかった。……海から漂う潮の気配が、冷え切った頬を撫でてゆく。うー寒い。寒い。寒い。

寒い。氷漬けだ。もう無理。曾々祖父は立派な剥製になったと聞いていますが、私は港区のモニュメントになるのは御免です。いい加減帰ります。浜の姫君は一度も姿をお見せになりませんでした。もしかしたら震える夜に身体を冷やし伏せっていたのかもしれません。浜離宮は海の側、新橋のように風を塞ぐ場所もきっと少ないことでしょう。そうだ、いつか出会った暁には、滋養のあるものをお贈りいたしましょう。私、秘密の干し柿を日比谷神社の鯖稲荷《さばいなり》に隠しておりますから、これからは持ち歩くことを誓います。そうと決まればごめん失礼。駅前の蕎麦屋の排水溝で暖をとり、柿を拾って寝床に帰ります。お休みなさいませ。うー寒い。

＊

ふふふふふ。ご機嫌よう。今日は緊急で動画を配信しております。

いやちょっと聞いてくださいよ。夕方、仲間のムジナからエスオーエスが届きましてね。どうも虎ノ門方面の機械式立体駐車場に、一匹のハクビシンが挟まれちまったとのことなんです。私急いで仲間と駆けつけました。そしたら、南桜《なんおう》公園をナワバリにする勘壱《かんいち》がすっぽり機械に挟まれて、ジタバタもがいてる。しばらく頭上に垂れ下がった尻を眺めて思案しまして、手当たり次第に助けを借りて引っこ抜こうとなりました。アナグマ、ネズミ、ノラネコ、ゴキブリなんだっていいから手伝ってくれと声かけて、みんなで引っ張ってやったんですよ。勘壱ったら腹の肉が富士のように出っ張ってまして、なかなか抜けやしない。こりゃ油が必要だって、二十四時間営業の荒物屋に向かいました。ゴミ箱で拾ったファミチキ、唐揚げ、ポテトを勘壱の腹と尻にべったり擦り付け、もう一度みんなでえいやと引っ張った。

すると幸い、勘壱の体がスポンと空を舞って、私共の頭に落っこちてきた。痛いぞばか。迷惑ばかりかけやがって、このウスノロ！　なんてわいわい喚いていると、後ろで笑うやつがいる。誰だい？って振り向きましたら、なんと。にっこり笑った浜の姫君。どうも電線の上から一部始終を見ていたようだ。ああ、麗しい。お慕いしていた姫の突然の登場に時が止まったようでした。小さなお顔に繊細な白い鼻筋。艶のある栗毛。長い尾っぽのウェーブ。丸いお目目。上品な笑顔。

私、すっかり放心してしまいまして、声をかけなきゃと口を開いた時には、一台の車が駐車場に侵入していた。慌てて蛛の子を散すがごとく逃げ去って、気づけば姫君もどこかに消えておりました。せめて一声、気の利いた言葉をかけてやりたかった。残念無念でございました。しかしついに私出会えたんです。絵巻の中の幻ではございません。姫は確かにここ新橋に存在したんだ。ふふふふふ。必ずやまた出会えるはずでございます。その時は、真っ先に皆様にご報告いたしましょう。ふふふふふ。

＊

お久しぶり。

眩しく光る水面に逆さに映るビルヂング。そう。ここが浜離宮恩賜庭園。ついに私やってきたのでございます。あちらに見えますのが潮入の池、小島を結ぶお伝い橋、藤棚に花が乱れるにはまだ早い。しかし今日は蕾も慌てて開くほど暖かい陽気です。もっと早く来ればよかった。

……せっかくの素晴らしい気候ですから、歩を進めながら、今日は皆様と一緒に景色を楽しみたい気持ちなのです。枯れ葉がふんわりと足元を撫でるのが、くすぐったい。飲み屋はございませんが、よく肥えたミミズが地を這いずり、池にはドロメ、ミドリガニがございます。あ、フキも生えてる。こんな素晴らしい地で、姫君は暮らしたのでございますな。あの日嗅いだのと同じにおいだ。いやはや、いざ庭園に踏み入れば、知らぬ香り、土のにおいに満ち満ちて、窒息してしまいそうです。

ご覧ください。あれが名木、三百年の松だ。なんでも宝永の時代に徳川家宣が植えられたとか。生類憐みの令を廃止した悪人でございます。それにしても立派な黒松だ。幾本も杖をついた幹や枝の荘厳なお姿は、背後の並み立つビルにも負けません。できれば一度、姫君と一緒にこの枝を登ってみたかった。それも今は、叶わぬ夢になりました。

昨夜のことでございます。姫が路上で果てました。不慮の事故。ロードキルでございます。……私共にはよくある最期で、一瞬の出来事であったのです。亥《い》の刻の頃に、私が横丁の隙間で落ちたシシトウに齧り付いた時でした。暗闇からアナグマの兄貴が駆け寄って、二葉橋ガード下で轢《ひ》き逃げがあったって教えてくれた。私思い当たる仲間の名前を呼びました。富くじ屋の三木助か？　いいや違う。塩釜公園の与太朗か？　いや違う。じゃあ誰だ！　雌だそうだ。　毛色は？　美しい栗毛だ。

私、その瞬間に兄貴を蹴飛ばして夜を駆けておりました。室外機を飛び石にして、飲み屋の杉玉にぶら下がり、暖簾《のれん》を切り裂き突っ走る。モツ屋、一斗缶《いっと》、笑い声、安宿を飛び越えて、勢い余って宴の卓をひっくり返した。悲鳴、茶漬け、番付、牛蒡《ごぼう》、煮込み、塩辛、アジフライ、瓶の赤星、河童サワーを振り飛ばし、一合徳利に蹴つまずく。脚に絡んだタコ、ちくわぶを振り切って、とにかく私は走った。走った。枯れた椿によじ登り、電線を伝い伝い、烏森橋レンガアーチにしがみつく。長髪、短髪、禿頭、交番、煙草、蒸気機関車を過ぎ去って、一本道を加速する。風。風になって、走る列車も追い抜いた。進めば進むほどに、姫との距離が開いていくような錯覚に、心臓が張り裂けました。無我夢中で脚を動かし、百年が過ぎたと思う頃、ようやく緑の鉄骨が見えまして、二葉橋に辿り着いたのでございます。

……嗚呼。道路にはまだ新しい血濡れの痕がありました。少し離れた歩道で続服《つなぎ》の人間と眼が合った。そいつの右手にぶら下がっていた栗毛の塊が、黒いビニル袋に押し込まれる様を確かに見送ったのです。

そこから記憶はとんとございません。夜中新橋をふらついて、気が付けばこの庭園におりました。昇る朝日が私を睨みつけ、気絶するように笹藪で眠ってしまい、先程目覚めたところです。ああいっそ、足元のカエンタケを一息に飲み込んで、姫と一緒に遊びたい。

こんなに苦しい思いを癒してくれるものがあるのでしょうか。私はそれを知りません。おろろろろ。

……お見苦しい姿をごめんなさい。泣いてばかりいては、きっと姫も浮かばれないでしょう。都市動物として生まれた者の定めです。人に捕われる、車に撥《は》ねられるのは私共にとって自然な最期でございます。それが嫌なら、地下鉄や排水溝に閉じ籠《こも》り、耳を塞ぎ、目を瞑り、日の目を見てはなりません。でもそんな生き方は全く自然じゃないよ。ハクビシンに生まれたからには、精一杯に走り抜けるしかないのです。それが叶えば、後悔など微塵《みじん》もあるはずがございません。そうだ。そうに違いない。

……嗚呼。風もないのに、お堀のツワブキが揺れている。きっと姫君が会いに来てくれたのでしょう。燦々《さんさん》と陽の当たった見事な葉の緑。……あれ、尾っぽが見える。猫か？

……いや違うハクビシンの尾に間違いない。姫か。なんだ二つあるよ。小僧だ。ハクビシンの子どもが二匹、こっちを見てるんだ。栗毛と灰色の痩せた兄弟でございます。おい、どうしたんだお前たち。

腹が減ったのか？　物欲しそうな顔をして。堀のハゼでも獲って食えばいいだろう。親はどうした？　知らない？　そうか。まあ、いいや。ちょうど干し柿を持っている。分けてやるからこっちに来なさい。……うん。半分こだ。ゆっくりお噛みなさいって。食べながら聞きなさい。いいかいお前たち、春が来ればすぐに大人になるんだから食い物は自分で獲らなきゃならないよ。私なんか君たちぐらいの頃には親なしで、同じ背丈のヒヨドリを果敢に捕まえたりしたもんだ。なあモツ焼きって知ってるか？　知らない？　いや、ダメだ駄目。都会へ出るのはやめなさい。浜離宮から出てはいけないよ。ここより美しい場所なんてこの世にないんだから。食ったか。どれ、それじゃあ魚の獲り方をいっちょ教えてあげましょう。礼なんていらないよ。教育の普及は成獣の務めです。いいか、よく見るんだ。こうやってな、鼻の穴をぎゅっと気張って、こら笑うな。いいかい次に水面をよく見て、狙いを定めてドボンだよ。少し勇気がいるかもしれないが、思い切りが大事なんだ。ほら、いくぞ。しゅしゅしゅしゅっと、こうだ！

ほらどうだ！　すごいもんでしょう。何？　泣いちゃないさ、鼻に水が入っちまっただけだ。

＊

ハロー、ニューシンバシ。春だ。

お久しぶりの鉄風チャンネルでございます。柔らかい夜風が気持ちのいい頃合いです。前回の配信から随分と月日が経ってしまいました。季節がもう変わっていたのですね。なに、健気にやっております。これでもなかなか忙しくしていたのです。あれから私、庭園に頻繁に脚を運ぶようになりまして、例の小僧たちに色々と教えてやっているんですよ。親が立派だったのでしょう。彼らは筋がいいから、餌を取るのも随分上手くなりました。それからアライグマの金髭が寝床を変えるって言い出してね。仲間と大移動するのを手伝ってやったりした。ああそうだ、勘壱の奴が今度は自販機の隙間に挟まったりしたな。とにかくそんな具合で、いつも通り元気にやっておりました。

皆さんはどうでしょう？　お変わりなければ幸いです。さて今日はニュー新橋ビルの屋上から配信中。ここは眺めがいいでしょう。駅前が一望できるんだ。人も入ってこれないし、レトロな雰囲気も面白い。だけどこのビルも直に取り壊す予定だそうです。寂しいことでございます。

そして、ご愛顧いただいた鉄風チャンネルも今日で最後になるんです。突然のご報告ですみません。いやなに、単純な問題です。キャメラの電池がもう尽きるようなんです。

きっかけは半年ほど前のこと。昔話になりますが、少しお付き合いください。実は私、人間に捕まったことがあるんです。寝床でうっかり網に捕まってね。気がつけば真っ白な部屋、冷たい手術台に寝かされていた。もうこれで最期だって震えていると、腹にチクリと痛みが走って麻酔をされた。目が覚めたら身体中傷だらけ。マイクロチップとカメラの装着、感染症の予防措置がすっかり終わっていたんです。正義の仮面こそは付けられませんでしたが、頭にも何か突っ込まれたようだ。妙に意識がはっきりとして、人語だってすらすらわかる。集まった人間たちがラジオテレメトリの応用だとか何とかって喋ってたね。科学の進歩は凄まじいもんです。まあ、そうして私は生き延びて、配信ムジナとして生まれ変わったんだ。

それ以来、人間がこうやって四六時中、私の配信を楽しみにしているもんですから、ここは行儀良く過ごして仲間の株を上げようかとも思ったんです。だけどすぐに考え直しました。今まで通り、自由に生きてやって、ハクビシンの生き様を包み隠さずキャメラに写そうってね。だって、それが自然ってもんじゃないですか。街が変わろうが、世界が変わろうが、私たちは精一杯駆け抜けることしかできません。この場に留まるためには、走り続けるしかないんです。良い機会だ。変わらぬものもあるんだって、人様に教えてやらねばならぬ。そんな使命を胸に、今日まで頑張ってやってまいりました。そうして撒いた種がいつか実ればこれ幸いにございます。

……地上が騒がしいや。酔っ払いが叫んでるんでしょう。いつもの変わらぬ風景でございます。それではそろそろお暇させてもらいましょうか。これが最後のご挨拶だ。みなさん、私は東京新橋に吹く一陣の風でございます。気圧の高低で空気が移動するのと同じ道理だ。都市と市井、理知と情念の隙間にこそ、私のような強い強い風が吹くんでございます。ですから、金輪際会えなくなる訳ではございません。また新しい風が吹くでしょう。その時は空を仰いでみてください。電線をひた走るあなたの隣人にいつでも会える。風のように走り、風のように去る。風のように鋭く、鉄の鋲打たれた橋をも切り裂くその姿。私は鉄風。風でございます。さらば。

## 「東京ハクビシン」大竹竜平

## Otake Ryuhei

本作の主人公ハクビシンの全長は約 90cm 〜 110cm。8cm 四方の隙間にも入り込むことができ、電線を伝うこともできる俊敏な動物です。もともとは東南アジアから中国南東部の辺りに生息していました。日本ではじめて生息が観測されたのは 1943 年。「我が国の生態系等に被害を及ぼすおそれのある外来種リスト」では、対策の必要性の高い総合対策外来種と位置付けられています。

大竹さんは、2020 年に祖父が改造した自分の身体に孫を乗せて登校する「祖父に乗り込む」で第 1 回かぐや SF コンテスト審査員長賞受賞。『SF アンソロジー 新月／朧木果樹園の軌跡』（Kaguya Books ／社会評論社／ 2022）に、ある夫婦と虚無との共生を描いた「キョムくんと一緒」を寄稿しています。グラフィックデザイナーで劇作家。戯曲、小説、漫画の原作など、多岐にわたるジャンルの執筆活動をしています。2017 年、『タイトルはご自由に』で第 5 回せんだい短編戯曲賞大賞を受賞。2020 年、「瞬きのカロリー」でかながわ短編戯曲賞 2020 大賞を受賞。

# お父さんが再起動する

桜庭一樹

*——下町の魯山人と呼ばれた父は*
*私から見れば差別のデパートだった。*

大晦日だから、少し早く閉店した。

浅草。雷門の仲見世《なかみせ》商店街近くの横丁にある、焼き鳥幸福。昭和二十六年創業。夫の実家で、今はわたしと二人三脚で営業してる。壁掛けの古いボンボン時計を見上げると、もう二十三時近くだ。……はー、四十過ぎたら、体力落ちたなー。くったくた。夫と揃って首をゴリゴリ回す。

カウンターにスマホを置く。音楽を流し、夫に振り付けを教え、録画し、二人で三十秒ぐらい踊って「新年は四日から営業～」と言う。ぱぱっと編集し、店のTikTokのアカウントに動画をあげた。半年ぐらいやってみてるけど、意外と宣伝になる。日本に旅行にきたとき寄ってくれるお客さんもいて。

帰ろっかー、と言い合い、ダウンをはおろうとしたとき。奥のトイレのドアが音もなく開いた。

二十代ぐらいの人が、顔をしかめ、鼻の前で片手を振りながら、出てきた。

えっ、誰？

さっき掃除したとき誰もいなかったよ？

「これ、何の臭いですか！」

と叫ばれ、くんくん嗅いだけど、何のことかわからない。

その人はわたしと夫の顔を見比べてから、わたしのほうに一歩踏み出し、

「下町の魯山人《ろさんじん》こと、作家の権藤寺只雄《ごんどうじただお》先生の一人娘、優花《ゆうな》さんですね」

「はい。え、あなたは？」

「優花さんは、元プロダンサー。焼き鳥幸福はお父様の行きつけだった。三年前に若大将と恋愛結婚。共同経営者になって半年。お父様がご病気で亡くなったのは、二年前」

とスマホを見ながら読みあげる。

夫が不審そうに近づいてくる。小声で「親父さんの本のファン？」と聞くので、「まさか、こんな若い子が」とわたしは首を振る。

権藤寺只雄はわたしの父。昔の流行作家だ。剣豪、サラリーマン仕置屋、世界を股にか

けるジャパニーズ・ビジネスマン。いろんな主人公の人気シリーズを書いていた。この店にも、娘がいるからと、愛読者が訪ねてくることがある。でも父世代の男性ばかりで、こんな若い人がきたことはないし……。

「じつは、私」

「はい」

「三十年後の未来から来ました。小説の編集者です。平成令和再起動の特集で、昔の小説を復刊することになり、権藤寺只雄先生の作品を推薦しました。著作権継承者を探す必要があり、今、三十年後のこの辺りで、同僚も優花さんの行方を探してくれているところです」

「はぁ？」

「TikTok の動画から、過去に短時間跳べることがわかっていて。それでさっきの動画に跳んだんです。こうして過去に跳んだ方が確実に著作権継承者とアクセスできると考えたからです。つまり、あれです……『見る前に跳べ！』」

まるで決め台詞のようにかっこよく言い、わたしの顔をじーっと見る。

何のことかわからず、首をかしげると、その人はなぜかものすごくがっかりしたような表情になった。

ため息をついてみせる。それからスマホの画面で名刺を見せてきた。出版社名と部署名と山森珊瑚《やまもりさんご》という名前が書かれてる。あのねぇ……未来人がスマホ使うぅ？　見たところiPhone11かな。はぁ、変な作り話をしてくる変な人だわ。やっぱり父のファンなのかしら。と、あきれた顔をしていると、山森珊瑚ははっとして、「令和レトロのブームで発売された復刻版です。中身は違いますよ」とスマホを指差して説明する。

どうやって出て行ってもらおうかと悩んでいると、夫がとりあえず話を合わせるように「著作権継承者の許可を取りにきたってことかい？」と軽く聞いた。山森珊瑚は首を振り、「それだけじゃないんです。じつは、復刻するなら、本文に手を入れるか、注意書きを加える必要があるという話になって。でも権藤寺先生ご本人の意向は聞けません。ご生前もTikTokをやってませんし、会えません。それで、娘さんのご意見を聞きたいのもあって跳んできたんです」と言った。

あぁ、この人、父の本についてよく知ってるんだな。ほんとうに愛読者なのかもと思って、「今の令和一年の感覚でも、父の価値観は相当古いものね。女性の描き方なんかとくにね」と言いかけると、山森珊瑚はまた首を振った。「いいえ。肉です」「何て？」「肉食シーンをどうするかをご相談しなくてはいけないんです。現在、つまり私のほうの時代では、肉食は通常行われません。動物の権利を守るために禁止されています。でも」「へぇー、面白い設定、いや、着眼点ね。確かに父の作品には下町グルメ情報が多くて、お寿司や牛鍋や鉄板焼がよく出てくるもの」「あ！」と、山森珊瑚は、わたしの話を聞いてるのか聞いてないのか、はっとして、

「わかった！　この臭い、死体の異臭ですね」

夫がぎょっとする。「鶏の死体の肉を焼いた臭いだから、間違ってはいないけど。君すごい言い方するねぇ」「耐えがたいです。変えますね」「えっ、いいけど、でもどうやって？」「Siri、草原の匂いにして」と山森珊瑚が言うと、すっ……と季節の違う涼やかな風が吹いた。

鼻腔に、草や雨の雫や風の匂いが入ってくる。

わたしは驚いて夫と顔を見合わせた。

山森珊瑚の持ってるiPhone11、中身は未来のスマホ？

もしかして、ほんとに未来人？　いや、まさか、まさかね！

「もう二十三時十五分です。私は零時過ぎたらここにいられないです。ご意見をお聞きし

たいです。私としては、なるべく直すべきではない、しかし注意書きは入れたいと考えたのですが」

「ちょ、ちょっと待ってよ。仮に本当の話だと、仮定するとよ。父はめちゃくちゃ激怒するような気がする。肉食って何が悪ぃんだ、男ってぇのは大昔からマンモス狩って、肉を串に刺して火で炙《あぶ》って食ってたんだぞ、って言いそう。注意書きを入れたいなんて言ったら暴れだしそう。あ、でも待って。たくさんの人に読んでもらいたい気持ちも強くて、宣伝イベントでは、お父さんがんばりすぎっていうぐらいサービス精神があったな。あー……話の本筋と関係ない食事シーンなら変えてもいい、未来の読者にも読まれたい、って言うかも。わっかんないよ！　だってわたしは父本人じゃないし、身内だからって、父の代わりに考えたり決めたりなんてできないわよ」

「なるほどです。ちなみに、編集会議では、動物の権利保護の観点からと、児童向けの作品なので教育上の観点から、たとえ注意書きがあっても肉食シーンがあるまま復刊してはならないという意見が多数です。植物性の料理に変えるか……」

カウンター席に腰掛けて頬杖をついて聞いていた夫が「児童向けの作品？　親父さんの作品は大人向けだろ」と不思議そうに聞く。

「あっ。失礼しました。肝心の作品名を言ってませんでした。復刊したいのは、先生が生前最後に書かれた児童向け小説『見る前に跳んだ日』です」

と、またスマホの画面を見せてきた。

夫と二人で覗きこむ。あら、お父さん、こんな童話みたいな本も書いてたのねぇ。「これにどんな料理が出てくるんだい?」「鶏肉を豚肉でぐるっと巻いた蒸料理です」と山森珊瑚が不快そうに表情を陰らせて言う。「それなら近くの店の看板料理だよ」と夫が説明しだす。

わたしと山森珊瑚が、とりあえずその店まで行ってみる、ということになる。未来の編集者だなんて、半信半疑だし、妙な作り話に付き合わされてるような気がするけど、仕方ない。「トイレに行くから待っててね」と言うと、相手は右手でキツネの形に似た知らないハンドサインをし、左右にゆっくり振ってみせた。「何それ?」「合点承知の助という意味です。令和時代にはないですか?」「ないわねー」と言い、まったくおかしなことになったな、とため息をつきながらトイレに入った。

「『見る前に跳んだ日』は、子供のころ読んだトラウマ本なんです」

新年を約三十分後に控えた浅草の街は、いつもよりさらに混雑していた。着物姿のグループがいて、こんな時間でも道路を人力車が行き来していて、真っ黒なタクシーも溢れている。

細い横道は混みすぎてるので、大通りに出て、少し遠回り。

山森珊瑚は、人いきれにかき消されないよう、声を張って、

「小学生の男の子が主人公。女の子と一緒に異世界に行くんだけど、女の子だけ怪物に殺されちゃうんです。男の子は女の子を助けようとして、『見る前に跳べ！』と叫んで戦うけど、失敗して、自分だけ現実の世界に帰ってくる。心も体もボロボロ。最後は部屋で布団をかぶって、でも、それでも男たるもの、って『見る前に跳べ、見る前に跳べ、見る前に……跳べぇぇぇ……』って号泣して終わりです」

「えっ、児童向けの本がそんなバッドエンドなの……？」

「はい。ショックで、泣いちゃいました。権藤寺先生による、あとがきがついてて。妻と娘のイメージもあって書いた、って。ご家庭がうまくいってなくて……」

わたしは「あぁ」とうなずいた。

思い出の中の父は、横暴な人だった。母が長い間耐え、ようやく離婚できたとき、わた

しは安堵した。

一人娘のわたしも、父とは価値観が合わなかった。四年制大学で学びたいことがあったのに、女は短大しかだめだと、絶対に学費を出してくれなかった。だから短大卒業後のダンス留学は、お水のバイトで貯金し、父に内緒で旅立った。プロダンサーになってから、父の周りの人たちがすごいとわたしを褒めたら、父は照れながら、いやぁ、女のくせに自分で考えようとするから親の言うこと聞きゃあしねぇ、もっとばかに産んどきゃよかったよ、って。

結婚したかった人との仲も、ひどい言葉で、引き裂かれた。相手の男性に、ある障害があったから。父は、絶対に口にしてはならないことを何度も言った。

今の夫は、喧嘩も強いし、親分肌というか、まぁそういうタイプなので、父は気にいったようだった。対等なパートナーって発想がないから、夫のことをわたしの保護者のように扱った。

父の書く本を、若いころ、一冊だけ読んだことがある。セックスシーンがとくに辛くて無理だった。相手の同意を取らず、強引で、女性の体を利用して一方的に欲を満たしたら放り出す。それが男らしいかっこいい振る舞いだって、本気で、心から、信じてるようだった。

山森珊瑚がスマホを見せてくる。『見る前に跳んだ日』のあとがきのようだ。『妻の手綱を離してしまい、病気にもなり、余命いくばくもなく、娘には疎《うと》んじられている』『みっともねぇ死に損ないのジジイが書いた物語です』と、父らしくない自嘲的な文が書いてある。えっ、これを児童向けの本に書いたの、お父さん？

あとがきが書かれたのは、晩年、入院していたころらしい。看病しながら怒って叫んだ自分の声がふいに蘇った。（人権を理解してから死んでよ。情けない！　こんな人が親でずっと苦しい、わたし……）って。

あれはなんの喧嘩のときだったかな。娘にも疎んじられてるって、このことかな。

父は、人たらしのクラスの人気者の男の子がまんま歳を取ったような人で、愛嬌があって、憎めないから、男たちから好かれた。でも娘のわたしからみたら差別のデパートでもあった。女、外国人、障害者、性的少数者。よそ者を排除し、弱者にイキり、徒党を組んで仲間を庇う。……何が下町の魯山人よ、ヤカラよヤカラ、喧嘩弱いから口が立つタイプの不良よ。論より情の。正しさよりしがらみの。エビデンス無視で、偏見をまんま書くから、すっごく有害な。ほんとわたしのお父さんときたら……。あ、着いた。肉の蒸料理の店。

うちの店と同じぐらいこぢんまりした飲み屋の前につき、外から覗くと、ちょうど鶏肉を豚肉で巻いた例の料理が運ばれていくところだった。「あれよ」と指さすと、山森珊瑚が嫌悪感で顔をしかめ、また「Siri、臭い変えて!」とスマホに言った。

ふわっと森林のような香りが漂う。

向かいに中華料理店がある。外の席に座ってる常連らしき人が、赤い筒状の爆竹をテーブルにたくさんのせている。それを見て思い出し、「昔、お父さんとこっちの蒸料理の店から出たところで、あっちの中華料理店の前で、ばばばばばっ……と爆竹が鳴りだしてね。二月で旧正月だったから、中国語圏の人がお祝いで鳴らしたの。あ、旧正月ほどじゃないけど、今夜も鳴らすと思う。お父さんね、銃撃戦と勘違いして、わたしを庇ってジャンプして覆いかぶさって、アキレス腱を切ったの」と話した。山森珊瑚が「何ともいえないエピソードですね……」と呻く。「そのあと、最悪の人種差別発言をしたから、またお父さんと喧嘩したの。翌日、わたしがこのお店に謝りにきたら、お店の人に『子供が親のしたことを謝るのはおかしい』ってあきれられて、ほんと、そうだねって。わたしね、言葉で人を変えられるって、話せばわかるって、若いころは思ってたの。性善説っていうのかな。だけど、父を通して、人間に挫折した。人の性根《しょうね》は変わらない、って。……最後まで、父はね。だから、人権を理解してから死んでよって、病人を怒鳴りつけてしまったことがある。病気でも、ジジイでも、価値観が違ってても、それでも尊敬できる人でいてほしかった」と早口で言った。

蒸料理の店の隣の店では、店頭で甘酒を売っていた。紙コップ一杯三百円。「植物性だからね」と二つ買って、一つを山森珊瑚に渡す。相手はふーふーと息を吹きかけ、ちびちび飲みながら、

「優花さんはどうしてそういう話し方なんですか？」

「へ？」

「TikTokで平成後期や令和初期に跳んだ人が、けっこう言うんです。女の人の話し方がちがうって。とてもソフトで、猫撫で声っていうか、子供の話し方っていうか、何ともいえない違和感があったって。私にも、優花さんが話す内容と、話し方が、乖離して聞こえてます。単純に文化の違いでしょうか。それとも」

「そう言われても。ずっとこの話し方だしねぇ」

と、首をかしげ、わたしも甘酒をぐびっと飲んだ。植物性の甘いどろどろの液体が喉に

流れこんでくる。

植物性、かぁ。

ねぇ？

わたしも、この時代の人なのかな？　令和一年の人なのかな？　動物性食品を毎日食べてるものね。さっきの山森珊瑚の嫌悪感に満ちた表情って、まるでわたしが父の話をするときみたいだった。

肉を食べてるとき、残酷だってわかってるけど、畜産の環境にどのような問題があるかを問題提起してる人がいるのも知ってはいるけど、スルーしてる。日常の営みだから仕方ない犠牲だと思って、それ以上考えないようにしてる。ほんとはわかってるけど、でも、わからない。

ううん。

わからない、じゃなくて、変わることができない、かな。

人はその時代の、その価値観の人間としてしか、生きられないんだろうか。それとも一歩踏み出して変わることは常に可能なんだろうか。

（人権を理解してから死んでよ。情けない！）

という自分の声が蘇る。病人に向かって投げつけた、冷酷な声。正しい声。未来の世界では、人権のところに、動物の権利って言葉が入ってて、年下の誰かが老いさらばえたわたしを糾弾しているのかもしれないな。

甘酒をちびちび飲みながら、山森珊瑚が歩き出す。ととっ、とわたしもついていく。あっ、手に持った甘酒が溢れそう、おっとっと……。

「優花さん。私には、怖いことがあるんです。それは目の前にいる誰かを意図せず傷つけてしまうことです。ほんとうに耐えられないんです。そんなことには私は絶対に耐えられない。でも、人のことってわからないし。相手が何で傷つくかも、私にはわからないし。すごく長い間考えたのに、何もしなくて、後悔してる事があるんです。何か言うべきだったかも、少なくとも、関わるべきだったかもって。わたしの性格なのか時代かわかりません……」と足を止め、ゆっくりと振りかえる。

そして、確かに令和時代に生きてるわたしとはちがう、低くて、どこか尖って聞こえる独特の話し方で、

「それで、『見る前に跳ぶ日』が好きなんです。自分の生き様についてだけじゃなく、君を思うという、愛のあるテーマですし。権藤寺先生にしては珍しいタイプの作品で。復刊

したらきっと賛否両論になるでしょう。でも何かに一石を投じるかも、と。もしかしたら時代に、そのぅ」

「うん……」

「今夜は自分らしくなく、行動してみました。もう優花さんに会いに行っちゃえ、見る前に跳べ、って。私にとって、記念すべき冒険の日でした。突然きちゃうなんて、間違ってたかもしれません。でもさっきのトイレのドアが新しい人生のドアでした。……そろそろ零時ですね。結局、復刊についての結論は出ませんでした。それでもきてよかったです。私の行動が、ブラジルの蝶の羽ばたきみたいに、もしかしたら何かをいつか動かすかもしれないから。だから」

「トイレ?」

「はぁ?　優花さん、私の話を聞いてましたか?」

「今、トイレって言った?　待って、思いだした!　あの人のアカウント!」

とわたしはスマホを出し、夫のTikTokアカウントをスクロールして、約二年前まで遡った。

夫は新しいものが好きで、アカウントを作った時期も早かった。でも飽きて休眠アカウントになっているはずだ。

父が入院してる病院の廊下で、何か話してる動画をみつける。

コメント欄を表示し、山森珊瑚に見せる。相手も「あーっ！」と叫ぶ。

夫は『動画を撮り終わったところで、なんとトイレから親父さんが出てきた。何やってんだ、うるせぇぞって怒られた』と書いてる。

つまりこの動画に跳べば……って、山森珊瑚が上手な作り話をしてるんじゃなくて、本物の未来人だったらの話だけど。

横顔を見ると、頬が赤くなり、昂揚してる。

「この動画に、跳びます！　ご本人のご意志を確認します。ありがとうございます！」

「そう？　よかった」

とうなずきながら、父がどんな選択をするのか知りたいという気持ちが、胸に急に火を灯して体を焦がしていきそうになった。

「ねぇ。父が植物性の料理に書き直すかとか、その」

「はい。そこも権藤寺先生に聞きますし、優花さんとお話ししたこともお伝えしようと思います。もしかしたら、あの陰鬱なあとがきも少し書き換えるっておっしゃるかもしれませんね」

「えっ！　ねぇ、お願いがあるの。父と会ったあと、もう一回わたしのところに跳んできてくれない？　明日また動画を撮るから。父の選択や、何て言ってたかを、わたしにも教えてほしいの」

「それはできません」

　と山森珊瑚が首を振った。

　ぐいっと甘酒を一気に飲み干し、わたしを見て、

「私が会える最新の優花さんが、今夜の優花さんだったんです」

「えっ、なぜ？」

「TikTokで跳ぶことが許されている過去は、二〇一九年十二月三十一日、つまり今夜が最後なんです。年が明けて二〇二〇年になってからは、公衆衛生上の理由で禁止されています。だからもう優花さんとは会えません」

「そんなっ」

「待って。正確に言うと、三十年後なら可能です。私は二〇五〇年六月三日から跳んできました。六月四日以降に私を探して訪ねていただければ、会えます。つまり三十年後なら

再会できます。あのっ。あー……。また！　優花さんの気持ちがわからないから何て言ったらいいか、私はいつもっ！　もーっ！」

「三十年後って、わたしは七十過ぎてるわよ。父が亡くなった年齢に近くなってる。あっ、でも」

わたしは黙って考え始めた。

でも、目の前の山森珊瑚があんまり不安そうな顔でこっちをみつめてるから、だめ、言葉にして気持ちを伝えなくちゃ、と思って、

「わかった。生きてたらあなたを探しに行くね。二〇五〇年の六月四日、朝イチで会社に行って待ってる。ババアがビルの前に立ってたら、それがわたしだから」

と早口で言った。

「父がどんな選択をしたかが三十年後にわかるなんて、ちょっとしたタイムカプセルみたいで悪くないと思う。あのね、ありがとう。未来から跳んできてくれて。わたし、この二年、ほんとはずっと後悔してたの。でも辛すぎて、なるべく考えないようにしてた。父のことで怒って。自分のひどい言葉について後悔して。でもまた父に怒って。そんな繰り返しに疲れちゃって。だから、だから……」

という声が、周りで始まった新年のカウントダウンの声にかき消されていく。どこかの店でついているテレビから、男性アイドルの華やかな歌声が聴こえる。背後でフライング気味に爆竹がちょっとだけ、ばばっ……と鳴る。着物姿のグループがワーッと楽しそうな笑い声を上げる。

目の前に立つ山森珊瑚が、

「伝えたいことは？　私、伝えます。あぁ、もう年が明けちゃいますよ」

と焦ったように言っている。

そのとき胸に、ある思いがどっ、と溢れた。そしてきれいな水と汚染された水がぐるぐる混ざるような気持ちになった。

愛はすべてを救わない。

理念と愛は、ちがう。

お父さん。わたしはね、あのね。お父さんにね。わたしが思う通りの正しい人になってほしかったんだよ。わたしのお父さんのまま、お父さんじゃない人になってほしかったんだよ。許容できない、許しがたいような人間ではいてほしくなかったんだよ。わたしもお父さんが望むような女ではなくて、二人の魂は永遠にすれちがう。わたし、あなたを憎んでる。軽蔑してる。何一つ解決なんてぜったいしない。するもんか！　だけど、それでもあなたがわたしのたった一人のお父さんだった。

どうしよう、あ、もう年が明けちゃう……

「愛してる！　愛してるって、伝えて。ずっと愛してたし、今もお父さんのことを愛してるって」

突然叫んで、自分の声の大きさに、自分でびっくりした。

それなら、父という存在が抱える道徳的問題は、今や、わたしの責任にもなるのかな？

それでも愛するって決めるなら。

父について考えることが、これからは、自分自身の在り方について考えることに……？

そんなのいやすぎるよ！　荷が重いよ！　だから、考えないように考えないようにしてたのに。

でも、時間はある。三十年もある。それが長いか短いか、いまのわたしにはまだわからないけれど。

ねぇ……。

もし死が取り返しのつかない別れじゃなかったとしたら？

周囲のカウントダウンの声が、三、二、一……〇……

山森珊瑚が柔らかく微笑した。右手で狐の形に似たハンドサインを作って左右にゆっくり振り始める。何だったっけ、あれ？

体が薄れていき、もう向こうの景色が透け始めてる。じゃ、ほんとにあなたは未来人だったのね。わたしもハンドサインを真似して左右に振ろうとして、消えていく姿に目を凝らして……

ばばばばばっ……

と、どっかで新年の爆竹が鳴り始めた。

## 「お父さんが再起動する」桜庭一樹
## Sakuraba Kazuki

動物の権利運動を理論化した著作として評価されているピーター・シンガー『動物の解放』が刊行されてから約50年。動物の権利と〈食肉文化〉についてのアジェンダは、環境負荷などの論点も加わって、現代の倫理学の最先端の課題でもあり、今後の人類の生活にもかかわる大切なトピックです。本作でもテーマとなっている、社会で主流となっている倫理観が移り変わる中で古典的な作品を再解釈するという営みは、作品の限界を認識すると同時に、そこに豊かな可能性を見出すという、作品と人間を信頼しているからこそできることでもあります。

桜庭さんは1999年「夜空に、満天の星」（書籍刊行時には『AD2015隔離都市　ロンリネス・ガーディアン』と改題）で第1回ファミ通エンタテインメント大賞の佳作に入選。2008年、『私の男』（文藝春秋）で第138回直木賞を受賞。2021年に刊行された『東京ディストピア日記』（河出書房新社）では、コロナ禍での東京の下町の暮らしを描いています。

# スミダカワイルカ

関元 聡

*——僕にとって自由と不安は同義だった。*
*ではカワイルカにとっては？*

イルカは普通、海の生き物だと思われています。大海原で群れを作って泳ぐ姿をイメージする人も多いでしょう。ところが、イルカには川のような淡水に生息する種類も存在するのです。

カワイルカ――彼らはそう呼ばれています。

姿形は海のイルカと似ていますが、よく見るとけっこう違います。例えば、カワイルカの大きさは海のイルカより一回り小さく、成長してもせいぜい人間の成人男性ぐらい。また口吻《こうふん》は細長く、鳥のくちばしのようにも見えます。これは川底のエビや小魚を探すのに便利なように進化したからだと言われています。さらに、大きな胸びれの縁には指のようなぎざぎざの突起があり、そのため川の中で泳ぐ姿がまるで人魚のように見えるという人もいます。

カワイルカの仲間は世界中に分布しています。アマゾン川に棲むアマゾンカワイルカや、ガンジス川に棲むガンジスカワイルカのように、多くは流れの緩い大河川を生息地としています。ですがこうした環境は人間の生活圏とも重なるため、カワイルカ類の多くは、河川改修や水質汚染の影響によって絶滅の危機に瀕しているのです。

東京都を流れる隅田川《すみだがわ》にも、古くからスミダカワイルカが生息していることが知られています。

スミダカワイルカの体長はカワイルカ類最小の一メートルほど、皮膚はつややかなピンク色で、水面から顔を出し、小さく黒目がちな瞳で周囲をうかがう習性はたいへん愛らしく、下町の人々にとってまさにマスコットのような存在といえるでしょう。事実、スミダカワイルカを模したご当地キャラ〈すみちゃん〉は全国区の人気がありますし、土産物や関連グッズの売り上げなど、地域振興にも多いに貢献しているのです。

近隣を流れる荒川や江戸川、関東随一の大河である利根川の本流には全く生息していないのに、なぜスミダカワイルカは隅田川に生息しているのでしょうか。元々は日本中に分布していたのが隅田川以外では絶滅してしまったとか、外国人や海外からの帰国者が放流した個体が起源だとか、様々な説がありますが、どれも明確な証拠に欠けており、はっきりしたことは分かっていません。

ですが重要なのは、希少なカワイルカ類の固有種が、地球上で唯一、ここ隅田川において のみ絶滅の不安なく生息できたということです。その理由を知ることは、人間と自然の共生を考えていく上で、大変重要なヒントを与えてくれることになるでしょう。

隅田川河川事務所パンフレット『わたしたちの隅田川』より抜粋

＊

目が覚めると、七時十分前だった。ゆるゆると起き上がり、洗顔。カレンダーの写真は青空にはためく鯉のぼりで、ああもう五月なのかとぼんやりと思う。

一人暮らしを始めて四年目の春だ。来年の今頃には就職しているだろうか。卒業しても実家に帰ることは考えていなかった。とはいえここで何をしたいのかもよく分からない。ただ時間が過ぎていくのを待っているだけの日常。

食欲はなくともルーチンは守る。まず、やかんを火にかける。冷蔵庫から卵を出して、油をひいたフライパンの上に落とす。八枚切りの食パンを一枚トースターにセット。お湯が沸き、コーヒーを淹れる。窓の外から響く子供の声を聞いていると、やがてフライパンの音が変わり、少し軟らかめの目玉焼きをお皿にとってベッド横のテーブルに置く。トースターがちんと軽い音を立てて焼けたパンを弾き出す。マーガリンもジャムもいらない。どうせ味なんか分からないんだから。

八時過ぎに家を出る。

大学の一限は九時に始まる。普段はバイクを使っているが、修理に出しているのでここ数日は徒歩で通学していた。千住大橋《せんじゅおおはし》近くのアパートから堀切《ほりきり》の校舎まで隅田川沿いをてくてく歩いて三十分ぐらい。途中でコンビニにも寄りたい。

四年生にもなると午前中の授業は一コマだけ。なのでこの時間にここを歩くのは初めてだった。高曇りの空は白っぽく、堤防を越えて河川敷に出ると、隅田川の水面が朝の光を反射してきらきらと光っていた。川岸に沿って緩く弧を描くようにタイル敷きの遊歩道が続いていて、僕は川の流れに従って下流へ歩き始めた。

遊歩道は静かだった。この道はいつもそうだ。日射しは暖かいけれど時折吹く風は少し冷たかった。安全柵の手摺りの上に座った猫がせっせと自分の体を舐めている。しばらく歩いていると三輪車に乗った女の子とすれ違った。親らしき大人の姿は見えない。無数の監視カメラが川と一緒に遊歩道も常時監視しているせいか、ここは子供たちの良い遊び場になっているという。僕は背中を丸めて、遊歩道のタイルの格子模様が目の前を過ぎていくのを眺めながら歩いていく。

きゅるきゅる、と音がした。

ちょうど常磐線の高架を過ぎた辺りだった。この一帯は町工場が多く、機械音なのか何だか分からない音がいつも聞こえている。だから奇妙な音だと思いながらも、特に気にも留めなかった。

きゅるきゅる。

ふと右を見ると、川の水際、安全柵の向こうで、僕と並ぶようにして一頭のイルカが泳いでいた。ピンク色の肌をした小さなイルカだった。背中には黒いウェットスーツを着た金髪の少年がまたがっている。金色の髪が日に焼けた頬を丸く包み、まるでヒマワリのようだった。

イルカが細い口吻をこちらに向ける。きゅるっとさっきの音が鳴り、それがイルカの鳴き声だと気づく。

「ほら、ただの人間だよ」

あっけにとられている僕を無視して、少年がそう言った。歌うような声だった。少年はイルカの首筋をさすり、「さ、行こう」と囁いた。イルカはまた一声鳴き、しずしずと水際から離れて、白波を立てながら次第にスピードを上げて遠ざかっていった。

僕は唖然としながら、すぐに、そうか、と気がついた。

聞いたことはあったけど、実際に見るのは初めてだった。スミダカワイルカ――確かそんな名前だ。〝すみちゃん〟っていったか、キャラクター商品がコンビニで売っているし、商店街で着ぐるみが歩いているのを見たことがある。それが隅田川に昔からいる珍しい生き物のことだと、知識として知ってはいた。

あの金髪の少年は誰だろう。イルカショーの練習でもしているのだろうか。調教師？子供が？

そんな話は聞いたことがなかった。スマホを取り出し、〝カワイルカ　ショー〟で検索しても、それらしきサイトはヒットしない。

スマホから目を上げると、川の中ほどでピンクの背中が三つ並び、対岸に向かって真っ直ぐ泳いでいるのが目に入った。少年は立ち泳ぎのような格好で水面から頭を出し、イルカたちを眺めている。遊歩道には数人の人がいたけれど、誰も気にしていないようだった。

へえ、と僕は呟いた。

カワイルカって、こんな普通に見られるものなのか。

小さな大学のそのまたマイナーな学部の割には就職に強いと評判だった。それ以外にここにいる理由はなかった。一人で生活できるだけの収入が欲しかったからだ。誰とも関わらずに一人で生きていく。それ以外に僕に何ができるだろう。

教授は向かいのソファに腰掛け、僕の成績表を眺め、それをデスクに放って、僕の顔をじっと見据えた。

教授は禿頭で、丸眼鏡をかけている。ガンジーに少し似ている。

「卒論のテーマが決まらないのは君だけだぞ」ゆったりと低い声で教授は言った。「せめてもう少し興味の方向を明確にしてくれれば、アドバイスのしようもあるのだが」

僕は目を伏せ、どう答えればいいか迷っている。教授が卒論の指導に厳しいことは知っていた。卒論は卒業のためのセレモニーじゃない。この経験は社会に出た後にきっと役に立つはずだ、といつも言っている。教授は熱心な教育者なのだ。だからこそ、自分のために教授の貴重な時間が奪われるのが申し訳ない。

沈黙に耐えきれず目の前のコーヒーに口をつけた。相変わらず何の味もしない。コーヒーの味なんかもうとっくに忘れてしまった。

僕は少しだけ目を上げて言う。

「本当に何でもいいんです。僕なんかに出来ることがあれば、何でも」

すると教授の顔がにわかに険しくなった。眉間にしわを寄せながら、静かに首を横に振る。

「大学生になってから、君は何をしてきたんだね？」

「え？」

教授は溜め息を吐いた。

「授業のことを言ってるんじゃないぞ。もちろん授業は大事だが、そんなことより、僕は君がこれまでどんな本を読み、誰と話をして、どういう言葉に影響されてきたかを聞いているんだよ。友達？　それとも恋人？　何が君の今までを作ってきたんだね？」

「恋人なんかいません」

「そう、別に構わないよ。重要なのは、君がこれから何者になっていくかってことなんだから」

「……なにもの」

教授はソファにもたれ、僕の目を射るように見つめた。

「いつだって、誰かの言葉が君を作っているんだよ。同時に、君自身の言葉が誰かの人生を作っている。相互作用ってやつだ。社会に出るってことはな、そういう人間関係のネットワークの中で自覚的に自分を位置づけるってことなんだ。人は人の間で育つ。だから自分がこれからどういう人たちの間で生きていくのか、誰と言葉を交わして、どんな本を読み、何者になるのか、君はもっと真剣に考えないといけないんじゃないのかね？」

僕は何も言えなくなって、来週もう一度面談する約束だけして教授室を出た。エレベーターホールで立ち竦《すく》みながら、僕は最悪な気分でいた。

教授の言っていることはきっと正しい。誰からも必要とされず、誰も必要としない自分が何者かになれるはずがないのだから。世界と自分の距離はあまりにかけ離れていて、もうずっと、どこにも、自分の居場所なんかなかったのだから。

バイクの修理が済んでも、僕は時々歩いて学校に行った。夏休みに入ってからもバイト先に行くのにあの川辺の遊歩道を使った。

カワイルカは見る時と見ない時があった。あの少年を見かけるのはいつも朝の早い時間で、大抵、川の中でイルカたちと一緒に遊んでいるようだった。

遊歩道の一部が一段低くなり、川との間がスロープ状になっている場所があった。

そこにあの少年が座っていた。

まるで人魚のようなポーズで、波打ち際に足を投げ出し、遠くを見ていた。少年の周りには数頭のカワイルカが集まっていた。そのうち一頭はスロープに寝そべるような格好で、半分水面から出たそのピンクの背中を少年が細い腕で撫でていた。

遊歩道を歩きながら、僕は次第に近づいてくる少年の姿をぼんやりと見ていた。ふと、違う——と気づいた。

少年じゃない。女性だ。しかも大人の。

「あの」

僕は思わず話しかけていた。自分の口からそんな言葉が出たことに驚く。

取り巻きのイルカたちが一斉にこちらを向いた。それから、彼女がゆっくりとこちらを見た。

「何?」

「……えっと、スミダカワイルカ」

「そうだよ」

歌うような声。

「あの……あなたは……イルカの調教師か何かなんですか?」

ふふっと、その人は小さく笑った。

「調教師か、いいねそれ」

そう言って彼女は腰を上げ、水の中に入ろうとした。

「ちょ、ちょっと待って」

彼女は動きを止め、こちらを見た。睨むような眼差し。

「この前……僕のことを、ただの人間だよって」

「この前?」彼女は怪訝そうに首を傾げてじっと僕の顔を眺め、それから軽く頷いた。「あ
あ、この前の」

「ええ、この前の」

僕は無理矢理な笑顔を作った。彼女は傍のイルカを撫でながら無表情で答える。

「あの時は、この子があんたのことを妙に気にしてて、だからあたしはただそれに従っただけだよ」

「気に……してた？」

「仲間だと思ったんだってさ、あんたのことを」

「それって」僕は彼女の言うことが理解できなかった。「あなたはカワイルカの言葉が分かるんですか」

彼女は頷いた。

「エコロケーションっていって、カワイルカには聴覚コミュニケーションを取る能力があるんだよ。あんたって大学生でしょ。知らないの？」

聞いたこともなかった。

「文系なので」僕は頭を掻いた。「……すみません」

「別にいいよ。あたしには関係ないし」

彼女が鋭く口笛を吹くと、周りにいたイルカたちが一斉に水中に潜った。

「もういいかな。そろそろ行きたいんだけど」

「……あっ、えっと」

「何」

「えっと、どうして……僕が……仲間って」

すると彼女は困ったような表情になり、しばらく考えた後、「それは分かんないけど」と肩を竦めた。

「もしかしたら、あんたが〈自由〉に見えたからかもしれないね」

「……自由」

「イルカはそういうのに敏感なんだよ。本当は、この子たちに自由なんかないんだけどさ」


もちろん僕はイルカじゃない。イルカの言葉は分からないし、泳ぎだって下手だ。でも僕を仲間だという。僕を自由だという。

自由――。

そういえば、僕が新型コロナウイルスに感染したのは、高校三年生の時だった。

第一志望の国立に落ちたのがそのせいかは分からない。でも後遺症として味覚を失ったと分かった時、僕はやっと自由になれたと思った。東京の大学に行くことは誰にも反対されなかった。実家の和菓子屋を継ぐのは弟と決まっていたし、不器用で要領の悪い僕が誰からも期待されていないことは分かっていた。だからこれで良かったのだ。始めからあの家に僕の居場所なんてなかったのだから。

そうして、僕は〈自由〉になった。あの家から、いや、たぶん自分自身から。

それでも結局、僕はどこにも行けずにここにいる。

あれから三年以上たったというのに、僕はこの川沿いの町から一歩も動けずにいる。和三盆の味が分からないことに気づいたあの時からずっと、僕は自由を得た喜びと同時に、自分を自分たらしめていた大切な何かを失くしたという思いを拭い切れずにいた。僕にとって自由とは不安と同義だった。この世界は無味無臭の暗闇で、僕は命綱の切れた宇宙飛行士のようにその中を目的地もなく彷徨《さまよ》っている。誰かの言葉も、自分の言葉にさえリアリティが感じられず、そんな僕の元から友人たちが一人また一人と去って行って、もう何年も、僕は他人とまともに話をしていない。だから教授は分かっていたのだろう。

このままでは、僕が何者にもなれないということを。

隅田川を所管する隅田川河川事務所に見学に行ったのは八月に入ってすぐのことだ。バイトの予定が急にキャンセルになって、蒸し暑いアパートに帰る気がせず、何となく公民館の掲示板に貼ってあった見学会のチラシを思い出したのだ。

「スミダカワイルカの個体数が安定し始めたのは、ここ二十年ほどのことです」

薄緑色の作業服を着た中年の職員が会議室の壇上に立ち、誇らしげな顔でそう言った。パソコンに繋いだスクリーンにはルート記号の形に似た折れ線グラフが映っている。

「一時期は五〇頭足らずまで減少して、それこそいつ絶滅してもおかしくない状態でした。それが東京都や、隅田川を愛する下町の皆さんの努力のおかげで、ようやくここまで回復してきたのです」

見学会は小中学生がほとんどで、付き添いらしき大人が子供たちの後ろに立っている。僕はそのまた後ろに隠れるようにして話を聞いていた。

「カワイルカの生息環境として大切なのは、何より河川の水質です。その悪化はイルカの健康に直接影響するだけでなく、餌となる小魚やエビの減少という形でも表れますから」

「でも隅田川の水ってそんなにきれいじゃないよ、先生も飲んじゃダメって言ってるし」

と子供の甲高い声が割って入る。

「そうですね」

職員がパソコンのキーを叩くと、画面はグラフから写真に変わった。濁った水の中で泳ぐスミダカワイルカの群れだ。

「ご覧の通り、スミダカワイルカが好む水の透明度は決して高くありません。あまり澄んだ水だと活動が鈍るという研究結果もあるぐらいです。なぜだか分かりますか？」

職員はそこで言葉を切って子供達を見渡した。少し待ち、誰も答えないのを確認して続ける。

「それはスミダカワイルカがとても臆病な生き物だからです。姿を隠しやすい濁り水の方が安心するのでしょう。彼らは超音波を使って自分がどこにいるか分かるので、濁った水の中でも平気で泳ぐことができますから」

そう言いながらポケットから小さな部品を取り出し、指でつまんで見せた。小指の爪ほどの大きさのチップだった。

「ただ、スミダカワイルカがどういう水質を好むのか、あるいは嫌がるのか、本当のところは誰にも分かりません。水族館で飼育している個体が長く生きられない理由もおそらくそこでしょう。だから私たちは、彼ら自身に秘密を教えてもらうことにしました。流速、水温、pH、様々な水質条件。この小さなチップをイルカの皮膚に取り付けることで、そうした環境データをリアルタイムで収集・解析して、スミダカワイルカが今どういう環境にいるのか知るのです。このチップからの情報は彼らからの大切なメッセージです。そのメッセージを聞いて、カワイルカにとって最適な河川環境を維持するのが、私たち隅田川河川事務所の仕事なのです」

それからしばらく説明が続いた。

水質は、かつては定期的に河川水をサンプリングして研究員たちが分析していたが、モノとモノとをインターネットで結ぶいわゆるＩｏＴ技術を活用することで、水質センサーとＩｏＴの連動による自動分析ができるようになった。その結果を水門や下水道といった河川管理施設にフィードバックさせればこまめな水質管理が可能だ。刻々と変化する河川という環境は、ＩｏＴの応用先として非常に相性が良いのだという。

「では、次にいよいよオペレーションルームをご案内します」

職員がそう言うと、子供達は立ち上がり、案内係の後をついてざわざわと会議室を出て行った。僕もそれについていった。

オペレーションルームは、大小のモニター類が並び、まるで秘密基地のようだった。前方の大画面には隅田川の河道を示しているらしい蛇行した線形が電光掲示され、そのうちいくつかの箇所は、高速道路の渋滞表示のように赤やオレンジに変わったり、点滅したりしていた。

よく見ると、電光掲示の中に、たくさんのピンク色の点が動いていた。

「あのピンクの点は、スミダカワイルカの現在位置を示しています」

職員が画面を差して言った。

「隅田川には現在およそ一〇〇〇頭のスミダカワイルカが生息しています。彼らの行動は全てこのＩｏＴネットワークを通じて管理され、隅田川での生活に最適化するよう調整されているのです」

けれど僕はもうその説明を聞いていなかった。電光掲示板の手前に座って黙々とキーボードを叩いている制服姿の女性に目を奪われていたからだ。

横顔だったけれど、僕はすぐに分かった。少年のように細い肩、ヒマワリのような金色の髪。その人は何気なくこちらを振り向き、一瞬、僕と目が合った。

思わず、僕は下を向いた。

八月最後の日。隅田川の水辺だった。早朝なのに気温は三十度を超えている。スマホの待ち受けに流れる天気予報が台風の接近を警告していた。スマホを仕舞い、ちらりと横を見る。洲藤《すどう》さんが隣に座っている。彼女の名前はあの時、制服の名札で知った。あれから時々、僕たちはこの遊歩道のスロープで話すようになっていた。

洲藤さんは足で挟むようにイルカを抱いている。イルカの背中に注射針を刺し、ナイフの刃を慎重にピンクの肌に差し入れている。血はほとんど出ていない。そうして器用な手つきでチップを皮膚から取り外し、空に翳《かざ》すと、僕の横にそっと置いた。見学会の時に見た、四角い、小さなチップ。

「……あの」

僕は呟くように尋ねる。

「何でチップを外しているのかって言いたいんでしょ」洲藤さんはこちらを見ずに答えた。「都の職員のくせにって」

「いえ……あ、はい」

「何でだろうね。この子たちにとってそれが幸せなのかどうか、分からなくなっちゃったからかな」

「でも、このチップがあるからイルカは絶滅せずにいられるんだって」

「まあ、偉い人たちはそう言ってるけどね」

「違うんですか？」

洲藤さんはイルカの肌に軟膏のようなものを塗りながら、上目遣いで僕を見た。

「ここにいれば、放っておいても人間が快適な環境を用意してくれる。天敵はいないし、下町の人たちは優しくしてくれるし、いいことずくめだね」

「じゃあ」

「あたしたち洲藤家はね、昔からここのイルカたちと一緒に暮らしてきたの。スミダカワイルカなんて長い名前で呼ばれるずっと前から。でもね、そんなあたしたちでさえ、この子たちの本当の気持ちは分からないんだよ」

洲藤さんはイルカの頭をゆっくりと撫でている。イルカは黒目がちな目を細め、洲藤さんの太腿に頭を預けている。

「このチップはね、ただの水質センサーじゃないんだ」

「えっ」

「こんな小さな川でイルカが増え続けたら、すぐに餌不足になってしまうでしょ。だからチップを通して繁殖衝動や採餌欲求のような感情の記録をイルカどうしで連携して、適正な個体数になるように脳波に干渉してるってわけ」
「……何だか、家畜みたいですね」
「そうだね」洲藤さんは頷いた。「だからあたしにできるのは、イルカたちを縛っている
この枷《かせ》を外してやることだけ」
僕はチップを手のひらに置いて、じっと見つめた。
「イルカはとても頭のいい生き物だから、ここにいることが自分たちにとって有益だって
ちゃんと分かってる。だからこそここにいる。でも本当は、彼らは海と川を行き来する生
き物なの。大人になる前に海に出て、もっとずっと大きく育って、わずかに生き残った個
体だけがまたこの川に戻ってくる。それがスミダカワイルカ本来の姿。だからチップを外
して自由になったイルカたちがどうするのか、どうしたいのか、あたしは、彼ら自身に選
ばせてやりたいと思っているんだよ」
僕は何も言えなかった。そんなもの、イルカたちは本当に望んでいるのだろうか。
チップがあればいつも誰かと繋がることができる。居場所を用意してもらえる。だけど
海は違う。冷たい群青色の世界の底に渦巻くのは、孤独と、絶望と――死のイメージだ。
「本当はあたしたちも彼らと同じなんだ。あたしたちの先祖は、ずっと昔から彼らと共に

海と川を繋ぐ旅をしてきたんだから。この髪の色はね、長い時間を潮風と太陽に晒され続けてきた一族の証しなんだよ」洲藤さんはそう言って金色の髪をかき上げ、苦しげに呟いた。「でも結局、あたしたちはここで生きることを選んだ。イルカたちと一緒にね。ここなら海よりも生きることがずっと簡単だから。だけど、彼らには彼らの自由があるはず。ここを出て行く自由も、とどまる自由も」

ふと、きゅるきゅる、という声がした。目を向けると、水面からイルカが一頭、顔を出していた。

手を出して触ろうとすると、イルカはさっと潜って行ってしまった。横を見ると、もう洲藤さんの姿はなかった。

そういえば、今日は早めに出勤すると言っていた。

その日の夜から降り始めた雨は、翌朝には豪雨になった。テレビでアナウンサーが深刻そうな顔で言う。数十年に一度レベルの猛烈な台風が非常に強い勢力を保ったまま関東地方に接近しています。くれぐれも海岸や河川には近づかないように。

僕はテレビを消し、バイト先のロゴマークが入ったウィンドブレーカーに袖を通した。

薄手だがそこそこ撥水してくれるからレインコート代わりになる。

ヘルメットを被り、バイクのエンジンをかけて、旧日光街道を南下する。バイト先が休みなのは分かっていたが、忘れていたということにする。あくまでこれはバイトに行く途中にちょっと寄ったというだけだ。

もちろん、イルカたちはきっとどこか安全なところに隠れているだろう。洲藤さんだってこういう日は前日から事務所に泊まり込んでいるに決まっている。僕が心配するようなことは絶対にないはずだ。

暗い雲の群れが空を足早に駆けていく。断続的に強くなったり弱くなったりする雨がヘルメットのバイザーを叩く。アクセルを開いた途端に突風に煽られ、思わず転倒しそうになった。あまりスピードは出せそうにない。赤信号の光が滲んでいる。強風で街路樹の枝があり得ない角度で曲がっている。

川辺のマンションの脇を抜けた先の路肩にバイクを停めて、駆け足で堤防を上がると、目の前にはいつもよりずっと水量の多い隅田川が広がっていた。見たことのない光景だった。遊歩道はとっくに水没していた。堤防の側面に刻まれていた水位目盛りはもう見えない。川は泥の混ざったような汚れたクリーム色をしていて、川幅が広がっているせいか、いつもよりゆっくりと流れているようで、どこかの写真で見たガンジス川の風景を思わせた。

川のほぼ中央に、ピンク色の頭がひょっこりと現れた。

一頭だけではなかった。イルカたちはもぐら叩きのもぐらのように水面から顔を出し、慌てたようにまた沈んだ。どこか落ち着きがない。急な増水に戸惑っているのだろうか。何かを——もしくは誰かを——探しているのだろうか。

けれど本当に彼らが海に出たいと思っているのなら、この濁流が難なく彼らを海に押し流してくれるだろう。彼らが本当にそうしたいのなら、妨げるものは何もない。

雨が風の音を掻き消し、突風が雨足をなぎ払う。体中がぐっしょりと濡れて、目も開けられないけれど、打ち付ける雨の向こうには川面《かわも》を埋め尽くす無数のイルカたちの姿があった。ピンク色の丸い頭から伸びる細い口吻は皆同じ方向を向いていた。上流に向かって、全てを押し流す川の流れに抗《あらが》って、イルカたちは一斉に泳いでいた。

どこへ行くんだ！　僕は叫んだ。海は下流だ、反対方向だぞ！　けれどその声はイルカたちには届かない。僕は堤防の上を走ってイルカたちを追いかける。強風が僕の行く手を阻み、濡れた夏草に足を取られて転んだ。くそっと言いながら起き上がり、急いで堤防の階段を降りてバイクにまたがり、エンジンをかけた。

倉庫と工場が並ぶ路地を抜けて、千住大橋の北側に回り込み、そこから堤防に沿って伸びる細い道に出た。バイクは通行禁止だが、この豪雨の中で歩いている人なんか誰もいない。川面を見ると先頭集団らしきイルカの群れがちょうど通り過ぎるところだった。イルカたちは下流から次々と湧き上がり、まるで鮭の溯上のように川を駆け上がっていく。僕はまたバイクのアクセルを開いた。

京成電鉄の橋梁を越えると、堤防の道が途絶えた。勘に頼って住宅街の小道を縫うように走る。高い防潮堤があって道から川面は見えないけれど、冷静になると、彼らがどこに行きたいのか何となく想像がついた。この先の上流、荒川との合流部付近には隅田川河川事務所がある。そこには洲藤さんがいるはずだ。きっと、イルカたちは洲藤さんに会いに行こうとしているのだ。

グラウンドの横を抜け、アーチ型の欄干のある橋をくぐると、その先はもう荒川だった。防潮堤が切れると対岸に大きな白い建物が見えた。隅田川河川事務所だ。一階から四階までの全ての窓は明かりが灯っていて、たくさんの人影が川面を見下ろしているのが見えた。あの人影の中に洲藤さんもいるのだろうか。

けれどイルカたちは事務所を一瞥《いちべつ》もせずに通り過ぎ、ピンク色の大波となって一気に荒川へ流れ込んだ。これまでスミダカワイルカが隅田川以外を泳いだことはなかったはずだ。イルカたちは洲藤さんに会いにきたのではなかったのか。彼らはこれからどこへ向かおうとしているのか。

荒川の河川敷は隅田川よりも幅が広く、普段はゴルフ場や運動場として利用されている。でももう全てが濁流の下だ。上流に向かうにつれて周囲の家屋は疎らになり、高い建物も少なくなって、段々と耕作地が広がってきた。川に沿うように樹林帯が続いている。木と木の間を轟々と流れる川の流れに逆らってイルカたちはさらに上流へ向かおうとしていた。僕は何度か転倒しそうになりながら、無我夢中で彼らを追いかけた。途中で警官に呼び止められたが、振り切って狭い路地に飛び込み、私有地を突っ切ってまた川沿いの道へ戻る。それを繰り返しているうちに県境を越えて埼玉県に入っていた。土地勘がなく、自分がどこにいるのかさっぱり分からない。パトカーのサイレンが後ろから聞こえてくる。僕を探しているのだろうか。それももう分からない。

両岸の斜面には鬱蒼とした森が茂り、平坦だった地形は山地のそれへと変わっていた。川幅は狭く、蛇行し、水飛沫《しぶき》がそこかしこで上がっている。いつしか舗装道は消え、僕はバイクを乗り捨ててそこから徒歩で渓流沿いの砂利道を登った。浅く速い流れの中でイルカたちはもはや体全体を水に浸すことすらできず、手のひらのような胸びれを懸命に動かしながらごつごつとした河床を這うように進んでいた。時々、きゅるきゅると訴えるような声が聞こえ、思わず僕は叫んだ。もうやめてくれ！　これ以上は死んでしまうぞ！　突風が木々をぐらぐらと揺らし、滝のような濁流がイルカたちを襲う。気がつくと僕は涙を流していた。なぜなんだ？　海に出るのが怖いなら、あのまま小さな世界で生きていけばいいじゃないか。そこがお前たちの居場所なんだから。僕が欲しくて欲しくてたまらなかった自分の居場所なんだから。さあ、もう帰ろう！　一緒に隅田川に帰ろう！　けれどイルカたちは止まらない。違うのか？　だからお前たちはここへ来たのか？　これがお前たちが選んだ自由なのか？　ついにイルカの一頭が力尽き、岩だらけの岸辺に打ち上げられた。いやいやをするように何度か頭を振ると、それからもう動かなくなった。滑らかだった肌は尖った石や枝で擦れたせいか傷だらけだった。イルカたちの呻き声が暗い谷間にこだまのように響いた。やがて動かなくなったイルカの背中にまた別のイルカが乗り上げ、それが後から後から続いて、あっという間に岸辺は一面のピンク色に染まった。いつの間にか、僕の隣には薄緑色の作業服を着た洲藤さんが立っていた。洲藤さんは傘も差さず、怒ったような顔をして、ただ黙ってイルカたちを見つめていた。その顔も髪もびしょ濡れで、それが雨のせいなのか、それとも泣いているのか、僕には分からなかった。

＊

千住大橋駅で降りて、川に向かって歩く。駅前通りの街路樹が黄色く色づいている。地元で就職し、曲がりなりにも人の間で過ごした十年が過ぎて、今月付で東京に転勤になった。この町に来るのは卒業以来だった。

結局、僕は世界の一員として日々を生きている。この小さな世界で、何者かになれたかどうかは正直よく分からないけれど。

駅前の再開発で出来たらしいショッピングモールの駐車場で、すみちゃんの着ぐるみが子供たちに囲まれていた。小さな着ぐるみだった。僕はしばらくの間その様子を見つめ、それからまた歩き始めた。

川に出てそのまま下流に向かって歩く。遊歩道のタイルの格子模様はあの頃のままだ。川は鉛のような色で蕩々《とうとう》と流れている。川面を見つめていても、波の間から顔を出すピンク色の生き物はもういない。その背中に乗った人ももういない。

あの台風の日以来、スミダカワイルカは一頭たりとも見ることができなくなってしまった。荒川の源流域で確認されたカワイルカの死亡頭数は八〇〇頭を数えたという。風と気圧の影響で方向感覚が狂い、エコロケーションも使えず、混乱して訳も分からないまま川を遡ってしまったのだろうと動物学者たちは言っている。きっとそうなのだろう。

水際のスロープに女の子が座っていた。あの人が言っていた通りだ。少女は素足を水につけて、どこか遠くを眺めている。ヒマワリのような金色の髪。僕はその情景に軽く息を呑み、けれどすぐ、この子に会うためにここに来たことを思い出した。

「こんにちは」と僕は穏やかに声をかけた。

少女は、「何?」とこちらを見た。

歌うような声だ。

「君はいつもここでイルカを待っているのかい?」

少女は怪訝そうな顔で僕を見つめ、それから肩を竦めた。

「知らないの? ここにはもうイルカはいないんだよ」

「本当にそう思う?」

少女は少し考えて、答える。

「分かんない。まだ声も聞いたことないし」

僕は頷き、少女の隣に座った。

「僕にも分からない、でも」

でも――僕は戻ってきた。僕は右手の甲をそっとさすった。そこにはあのチップが埋め込んである。皮膚の下で微かにランプが点滅している。どこか遠い海の彼方でもそれはまだ動いていることだろう。

この十年の間、これだけが僕と世界とを結んでいた。あの時、海を選んだイルカたちの声が僕にはいつも聞こえている。その言葉が僕に影響を与え、僕の言葉がイルカたちに届く。相互作用ってやつだ。それがこのチップを通じてはっきりと伝わってくる。だからこれは、僕がもう一度世界と繋がるために必要なたった一つの絆だった。

それを、あの人がくれたのだ。

「さっき駅前で、すみちゃんを――君のママを見たよ」川面を渡る風に吹かれながら、僕は微笑んだ。

「あの人はまだ信じてる。だから、僕たちはただ待っていればいいんだよ」

## 「スミダカワイルカ」関元聡
## Sekimoto Satoshi

本作の舞台となっている隅田川は、北区にある岩淵水門で荒川から分かれた後、東京の7区を通過して東京湾へと注ぐ一級河川です。長さは23.5km、水深は深いところでは6mを超えます。高度経済成長時代には、工場や家庭からの有害な排水によって水質が悪化。生き物は生息できないとまで言われましたが、現在はかなり水質が改善されています。

関元さんはトウキョウ下町SF作家の会会員。生き物にかかわるSF作品を多数執筆されており、2022年、2023年には、第9回・第10回日経「星新一賞」のグランプリを2年続けて受賞。2024年に日本SF作家クラブ編『地球へのＳＦ』（早川書房／2024）に寄稿した「ワタリガラスの墓標」でデビュー。第三回かぐやSFコンテストで最終候補に選出された「月はさまよう銀の小石」が、『野球SF傑作選ベストナイン2024』（Kaguya Books／社会評論社／2024）に再録。

# 総合的な学習の時間（1997+α）

東京ニトロ

*——〈総合的な学習の時間〉の発表会を目前に、*
*幽霊が出た。*

## 一、タニサキジュンイチ
## 一九九七年十一月二十四日 十二時三十分から十二時四十八分

ビーという電子的なノイズがどこからやってくるのか探りながら、兜町《かぶとちょう》小学校五年生のタニサキジュンイチは、ＹＡＭＡＨＡのＭＩＤＩキーボードのうえで頬杖をついていた。ソニー製のリアプロジェクションテレビには「総合的な学習の時間・モデル指定校発表会 平成九年十一月二十四日（月）」というゴシック体のタイトルが点滅している。その巨大なモニター装置の横に立つ音楽教師のモリ先生と教頭のイケタニが、来賓のために並べられたパイプ椅子や、その奥に座るタニサキの方にときおり視線を送りながらつづけている議論に、タニサキは聞き耳を立てた。ワイシャツの袖をまくった教頭が、チョサクケン、という言葉を何度も繰り返していた。映画音楽って、著作権の問題もあるじゃないですか、そう教頭は言った。それにアクション映画なんて暴力描写もあるでしょう、子どもが観るには不適切だし、だったら彼には校歌をやってもらったほうが無難じゃないですか、そうでしょうモリ先生。

「教頭先生は生徒の自主性をなんだと思ってるんですか」

タニサキくんがＭＩＤＩの紹介をしたいと言って、彼が好きな映画の音楽を演奏したいと言って、それで準備して、今日の発表があるんですよ。そう反論するモリ先生の白いレディス・スーツのうえで、午後の日差しが落とす窓枠の影がゆらゆらと揺れている。十字架のようなその黒い影は、パッドの入ったモリ先生の肩の上や、ＹＡＭＡＨＡのグランドピアノや、カバーが掛けられた木琴や、昭和二年からあるこの音楽室の白い壁や、天井からぶら下がる蛍光灯や、タニサキの前にあるＮＥＣのパーソナルコンピュータの上をゆっくりと滑っていく。でも、ほら、ね、モリ先生、よく考えてくださいよ、教頭が額に落ちる汗を拭いながら、そう諭すように言った。来賓の皆さんは、うちの学校の卒業生で、皆さんいまはこのへんの証券会社や銀行にお勤めだったり、それに教育委員会や区議会議員や官僚の方々だって大勢いらっしゃるんですよ、文部省の方の前で『ジュラシック・パーク』や『ターミネーター』のテーマソングを演奏されたらたまったもんじゃないじゃないですか。モリ先生のおかっぱ頭がジブリみたいに逆立ったのとほとんど同時に、音楽室の入口に誰かが立っていることにタニサキは気がついて席を立った。ドアの前に立つ同級生のサイトウユウヤは泣きそうな顔で、モリ先生と教頭の間に起きている紛争や、壁面上部に並ぶモーツァルトやベートーベンの肖像画や、そしてタニサキの顔をぐるぐると見比べていた。タニサキは言った。

「どーしたんだよ」

こっちは大変だよ、先生同士でケンカしてんだよ。サイトウは二年生のときに『ビーダマン』を学校に持ってきて体育教師のナカガワに没収されたことがあって、そのときとまったく同じ顔をしているな、とタニサキは思った。今度はゲームボーイ・ポケットか、『ポケットモンスター緑』か、その通信ケーブルか、あるいはCDウォークマンがその候補だった。なに、今度はなにとられたんだよ、タニサキはそう彼に尋ねる。「ジュン」サイトウは瞳を震わせて、タニサキジュンイチに告げた。

「ユウレイが、出たんだ」

＊

音楽室を出たタニサキは、職員室の前にある〝地下倉庫〟の入口の上に立った。緑色のリノリウムの床が続く廊下の中央、赤いセンターラインを分断する地下倉庫への入口。長方形をした二枚の木製扉は完全に閉ざされていて、鍵穴に挿さったままのシリンダーキーがキーホルダーを揺らしている。「誰かが歌ってたんだよ」音楽室の入口で、サイトウはそうタニサキに言った。知らない女の人が歌っていたんだ、ホントなんだ、体育のナカガワ先生が「来賓者が増えたから地下倉庫からパイプ椅子を持って来い」って言ってぼくに鍵を渡してきたんだ、だから行ったんだけど、あの扉に鍵を挿したら、そしたら知らない女のひとが歌っているのが聞こえてきて、それで逃げたんだ、あそこに女のひとのユウレイがいるなんてもう無理だよ、そんなところに入れないよ、ぼくは『学校の怪談』の映画に出てくるクモの用務員のおじさんだって怖くて、映画館に行った日の夜は寝れなくなったんだ、ジュンはいつも図書室で『ハニ太郎です。』や『はだしのゲン』や《学研ジュニアチャンピオンコース》を読んでるし『地獄先生ぬ～べ～』も好きだし、なんとかしてくれよ、僕のかわりにナカガワ先生にパイプ椅子、届けてくれよ。そうサイトウから泣きつかれてしまったので、タニサキはため息をつきながらも、膠着状態となった音楽室から離れることを望んで、とりあえずひとりで現場へと向かった。

職員室の開け放たれた引き戸の向こうには誰もいなくて、つけっぱなしになっているソニー・トリニトロンテレビの小さな画面のなかで、メガネを掛けた大手証券会社の社長の顔を報道陣のフラッシュが点滅させていた。近くの会社だった。窓から差し込む陽の光を報道ヘリの機影が何度も遮って、そしてそのローター音は薄い窓ガラスを何度も振動させた。廊下の奥にある昇降口から聞こえる来賓や保護者たちのスリッパの音。タニサキは近くに誰もいないことを確認してから、足元にある倉庫の扉のうえでしゃがみこんで、そして、右耳をつけた。うわー、なつかしー！という来賓たちの笑い声がタニサキから遠のいていく。校舎の地下へとつづく倉庫のなかを流れる空気の音や、天井に並ぶ薄暗い蛍光灯や、積み上がった段ボール箱の奥に、ほんとうになにかがいるような気がして、タニサキはその神経をすべて右の鼓膜へと集中させた。

そして、歌声は聞こえた。

タニサキはわっと声を上げて扉から飛び退いた。地下倉庫の奥底から、風や、百ボルト電線のノイズや、来賓たちの足音や、証券会社の記者会見や、ヘリコプターの騒音に混ざって、その声はたしかに、タニサキジュンイチの鼓膜を振動させた。廊下に並ぶ窓枠が形成した十字架の影が、タニサキの履く上履きの上をゆっくりと流れていた。扉の向こうから聞こえる若い女のかすかな歌声。どこかで聞いたことがある曲。家の近所にある、カトリック教会から聞こえるオルガンの伴奏。なんて曲だったっけ。タニサキはふたたび、おそるおそる扉へとその顔を近づける。目の前にサイトウが挿したままの鍵があって、そしてタニサキは、その声の正体を知りたいと思った。

だからタニサキジュンイチは、地下倉庫の扉を、開けた。

## 二、サメジママイ

**一九九七年十一月二十四日 十二時四十八分から十二時五十五分**

体育館の舞台上に設置された演台のうえで、サメジママイは頬杖をついていた。

コンピュータを担当する図工のキシモト先生や理科のオオキ先生や体育教師のナカガワがリコー製のスクリーンプロジェクタに接続されたマッキントッシュの周りに集まって頭を抱えている。舞台上に設置された巨大なスクリーン、そこに映るネットスケープ・ナビゲーターは「ページが見つかりません」という表示を何度も点滅させていて、そのたびに教師たちがため息を漏らした。ワールド・ワイド・ウェブがいかにして日本の教育を変えるのか、ワールド・ワイド・ウェブを導入した我が兜町小学校がどれだけ進んでいるのかを来賓たちにアピールするのがその狙いだったはずが、インターネットではなく、不安定な学内イントラネットによって霧散しようとしていて、教師たちの目はアップル・コンピュータがつくった小さなマシンに釘付けになっていた。舞台から見える空っぽの客席たち、ポケットモンスターのバトルえんぴつで遊ぶクラスメイトの姿。サメジママイは手元にあるじぶんの発表原稿をじっと見つめる。ブルーのＣＡＭＰＵＳノートの上、そこにあるじぶんの字の上に引かれた担任のナカガワによる赤ペンの印と、彼が書いた〝新しい〟原稿。その取り消し線を見つめながら、サメジママイはじぶんの唇を少しだけ、噛んだ。

「サメジママイ！」

不意にじぶんの名前を呼ばれて、サメジマイは顔を上げた。クラスメイトのタニサキジュンイチがこちらに駆け寄ってくる。その両腕に抱えられた数脚のパイプ椅子が、彼が走るたびにガチャガチャと音を立てた。ワックスの利いた床板が彼の履く上履きの底をキュッキュッと鳴らしている。タニサキはサメジマイがいる演台の前までやって来ると、息を切らせたまま、パイプ椅子を両手に抱えて、言った。

「地下倉庫に！　幽霊が！　出た！」

＊

窓からの白い陽光が重なる廊下の中央、そこにある地下倉庫の扉の表面にサメジママイは立った。彼女の前にしゃがみ込んだタニサキジュンイチとの間には白い埃がひかりの粒子となって輝いている。「誰かが歌ってたんだ」そうタニサキは言った。若い女の人が、教会とかで歌うやつ、それが、このなかから聞こえたんだ。職員室から聞こえるワイドショーの音声や、来賓たちの履くスリッパの音が包囲する廊下の中心に、地下倉庫の入口はぽっかりとその穴を開けていた。コンクリートで造られた階段が長方形の闇のなかへとつづいていて、束になったイントラネットのケーブルが、まるで蛇のように壁を這っていた。サメジマが使うマッキントッシュがインターネットにつながらない原因。地下倉庫を通って、一階の職員室や音楽室や電算機室や体育館に急遽設置したマシン同士をつなぐ学内ネットワーク。ひゅうひゅうというかすかな空気の流れが地下倉庫から上昇して、サメジママイの前髪をわずかに揺らしている。「サメジマ、おまえ、そのひとのこと知ってるだろ」タニサキはサメジママイの方を振り返って尋ねた。ここで死んだ女のひとのこと、発表するんだろ。

「そのひと、ヒーローだったんだろ」

そのひと、この学校を守った先生だって、ナカガワ先生が褒めてたじゃんか。地下倉庫の奥につながる暗闇を振り返りながら、タニサキは言った。もし歌ってるのが、ホントにそのひとの幽霊だったらさ。

「ありがとう、って言わないとな」

「ありがとう?」

サメジママイは手にしていたCAMPUSノートを握りしめて、思わず声を上げた。どうしてありがとうなんて言うの？　ナカガワ先生がそう言ってたの？　サメジママイの反応に、タニサキジュンイチは驚いて口ごもった。予想外の反応だった。

「勝手にありがとうとか言ってんじゃねーよ！」

サメジマはそう声を上げて、手にしていたCAMPUSのノートを暗闇のなかへと放り投げた。バサバサという音が響いて、ノートは地下倉庫の奥へと転がって見えなくなる。セメントと埃のにおいがして、黄色いゴム製カバーで被覆されたイントラネットのケーブルが少しだけ揺れるのをタニサキは見た。「いいのかよ」タニサキはおそるおそるサメジママイに尋ねる。おまえ、あれ、一生懸命調べて書いた原稿だろ。きょうの発表に使うんだろ。

「わたしが書いたんじゃない！」

あんなの、わたしが書いたんじゃない。倉庫を見つめたまま、サメジママイは叫んだ。声が震えていた。わたしはウソをつくために「ありがとう」なんて言いたくない。そんな卑怯なことしたくない。なのに先生はみんなOBのためにウソばっかり。「ありがとう」ばっかり。先生も、『総合的な学習の時間』も、OBも、「ありがとう」も、みんな、

「みんな、大嫌い！」

その直後、タニサキジュンイチの肩の向こう、廊下のはるか奥に、ひとりのOBが立っていることに気がついて、サメジママイは沈黙した。昇降口の入口で、来賓たちの喧騒を背にして立っている男のシルエット。白髪交じりの頭、茶色いジャケットを着たその輪郭が抱えている白い花束。それが見つめる先にいまじぶんが立っている。冷たい風が地下倉庫から流れはじめていた。彼女の視線に気がついたタニサキが廊下を振り返る。スピーカーから流れる放送委員の声。まもなく、平成九年度、総合的な学習の時間モデル発表会の開始時間となります、すべての生徒は発表会場へ移動してください。すべての生徒は発表会場へ移動してください。

そしてサメジママイは、鼓膜を震わせるその空気の振動のなかにかすかな歌声があることに気がついた。地下倉庫の暗闇を振り返って、サメジママイはつぶやく。これ、聞いたことある。

——賛美歌だ。

＊

「おまえ、今までどこ行ってた！」

体育館に戻ると同時に、体育教師のナカガワがサメジママイの腕を掴んだ。キシモト先生とオオキ先生が一生懸命〝インターネット〟を直してくださったのに、おれがあれだけ苦労しておまえのために原稿を直してやったというのに、おまえは勝手にどこで遊んでたんだ？

「ぜんぶ、おまえのためなのに失礼じゃないか！」

ナカガワはそう怒鳴ると、近くに座る来賓客がナカガワを見てなにかを話しはじめたので、慌ててサメジマの腕からその手を離した。すみませんでした、サメジマはそう言って床に視線を落とす。ナカガワは怒ると女子だろうが関係がない。そしてナカガワが怒るときは彼のプライドが傷ついたときだけだとクラスの全員が知っている。もし、とサメジママイは思う。もしこう言ったらどうなるんだろうか。つまり、先生はわたしがほんとうに発表したかったところにぜんぶ赤線引いて直させたでしょ、ほんとうのことを封じ込めたでしょ、あれって教頭先生に言われたからじゃないんですか？　来賓の気持ちを考えろって、学校やＯＢを悪く言うなって言われたからじゃないんですか？　わたしのためなんて建前だけの大ウソじゃないんですか？　そう言ったらどうなるだろうか。なにかが変わるだろうか。先生は過《あやま》ちを認めるだろうか。それとも怒鳴るだろうか。そこまで考えてから、サメジマは、ナカガワによってほとんど修正された原稿を、あのノートごと、地下倉庫の暗闇に放り投げたままだったことに気がついた。

舞台上に設置された白いスクリーンをサメジマは見上げた。

そこに映る学校のホームページと、若い女性教員の白黒写真。空襲から学校を守った十代の女教員の逸話。でもそれは正しくないとサメジマは思う。彼女のほんとうの話はきっと違う。

校長先生が来賓とともにやってくる。生徒の自主性を育《はぐく》み、生きる力を育てるための総合的な学習の時間。本格開始の平成十二年度まで毎年行われるそのモデル発表会。

そしてサメジママイは、舞台の上にゆっくりと上りはじめた。

## 三、タニサキジュンイチ
### 一九九七年十一月二十四日 十三時十分から十三時二十分

タニサキジュンイチは音楽室の前へ戻ると、そして立ち止まった。開け放たれた扉の向こうからは来賓たちの話し声が聞こえてくる。モリ先生が音楽室から姿を現して、あたりを気にしながら苦しそうに言った。タニサキくん、お願いがあるの。

「わかってます」

タニサキはそう答えた。さっさと終わらせたかった。結局は「管理」の問題なのだとタニサキは知っていた。大人たちはおれたちを管理しなければならないと勝手に思い込んでいて、だからこういう生徒の「自主性」をテーマとする機会に直面して、その相反する目的のために混乱しているのは子どもではなく大人たちのほうだとタニサキはわかっていた。そして、そういうとき子どもができることは大人の言うことに従うことだけだと、子どもであるタニサキは知っていた。

失礼します、タニサキはそう言ってじぶんの席に着いた。NECのパーソナルコンピュータとYAMAHAのキーボード、黒いBOSEのスピーカー。二十ほどの椅子に座る教育委員や他校の教師たち。キーボードの上に置かれた校歌の楽譜。体育館で始まったサメジマママイの発表の声が廊下を通じてここまで聞こえてくる。グランドピアノの前に立つモリ先生がタニサキの発表について説明をはじめた。デスクトップ・ミュージックというのは、パソコンの音源とシーケンサによって作曲や演奏をするための技術です、タニサキくんは大好きな音楽をじぶんの力で演奏してみたい、そして将来はインターネットを使って多くの人にそれを聴いてほしいという思いから、我が校ではじめてMIDIデータを使用した演奏会を開いてくれることになりました。開いたままの音楽室の扉から教頭先生が姿を現す。体育館から響くサメジママイの声に感情がこめられて校舎のなかで反響をはじめる。教頭はその声が聞こえる方を気にしながら、中腰になって、タニサキの近くでそっと耳打ちをした。タニサキくん。

——校歌、選んでくれて〝ありがと〟ね。

選んでくれて、ありがと、ね。タニサキは驚いて教頭の顔を見た。教頭の頭頂部は蛍光灯の光を受けて鈍く光っている。このことだったんだ！　そうタニサキは気がついて、そして戦慄した。サメジマイがさっき怒っていたことはこのことだったんだ、ノートを捨てたのはこれが理由だったんだ、サメジマイが大嫌いって叫んでいたこと、大人たちのウソや卑怯なふるまい、おれたちを犠牲にして、それすらもおれたちの〝自主性〟のせいにする、ぜんぶこのことだったんだ、繰り返されてきたんだ、戦争のときから、そしてあの〝先生〟の話から、おれたちまで、ずっと！　タニサキが黙って頷くのを確認してから、教頭は踵を返して音楽室を出た。サメジマイがいる体育館で、なにかが起きていた。彼女の怒りのこもった声がタニサキの耳に届く。タニサキにはその怒りの理由がわかる。そして教頭の背中を見つめたまま、彼が小走りで消える廊下の奥、職員室のあたり、その床上にある地下倉庫の扉が閉まっていることにタニサキは気がついた。その前に置かれている白いユリの花束。あれ、倉庫の扉、さっき閉めたっけ？　そう思った直後、ＢＯＳＥのスピーカーが予定にない音源を鳴らしはじめて、タニサキは思わず席を立った。

――賛美歌だ。

タニサキはサメジマイの言葉を思い出した。モリ先生が説明するのを止めてタニサキの方を見る。ＮＥＣのモニターに映るメディアプレーヤーの小さなウィンドウはタニサキが入力していない音源を再生している。タニサキは息を呑んだ。それはさきほど、あの扉の上で聞いた曲だった。誰かがあのなかで歌っている曲だった。近所の教会で聞いたことのあるうた。ＢＯＳＥのスピーカーは勝手にその出力を上げる。あら、これ賛美歌ね、そういう声が来賓たちの間から漏れて、そしてタニサキは、あの地下倉庫の壁につづく黄色いケーブルの束を思い出した。

## 四、タナベケイゾウ
## 一九九七年十一月二十四日 十二時四十八分から十三時二十分

およそ五十年ぶりにやってきたかつての学び舎はずいぶん小さくなったものだとタナベケイゾウは思った。実際には学校の敷地面積は往時と変わっておらず、高度経済成長期やバブル期にこぞって建てられた証券会社や都市銀行やビジネスホテルの高層建築がタナベにそう錯覚させているだけだったが、それでもタナベはこの学校が愛おしいと思ったし、同時に相応の苦しさをもたらしていた。関東大震災後に建てられた震災建築特有の、初期モダニズム建築を象徴するコンクリート建築とその意匠のなかで、じぶんが抱えるユリのにおいを感じながら、タナベは受付に記帳をした。

そのとき、高学年らしきふたりの生徒が廊下を歩いていくのが見えて、タナベは受付を離れた。ふたりは職員室の前で立ち止まると、地下倉庫の扉を見下ろしてなにかを話しはじめる。あそこが倉庫に〝転用〟されたのは戦争が終わってすぐだった。女子生徒が男子生徒に向かって声を上げる。手にしていたなにかを倉庫のなかへ投げ捨てて、やがてタナべの視線に気がついて沈黙する。タナベケイゾウは花束を抱えた腕に力を込める。その瞬間、受付にいた職員がタナべを呼んだ。

「OBの方はこのバッジを胸につけてください」

『昭和二十二年度卒業生』と書かれた安全ピン付きのバッジ、タナべはそれをしばらく見つめてから、卒業生、とひとりつぶやいた。スピーカーから流れる放送委員の声。倉庫の前から走り去るふたりの姿を目で追いながら、タナべはゆっくりと、その廊下を歩きはじめた。リノリウムで覆われた床をスリッパで歩く感触はタナべの知っているものではなかったし、首都高速が走る窓からの景色もあの頃とはまったく違っていたのに、それでもなお、地下倉庫の扉だけは木製のままで、なにも変わってないことにタナベは驚いた。

そして、その扉は開いていた。

ふたりの生徒が走り去ったあとの地下倉庫の扉は開け放たれたままで、鍵穴に挿さったシリンダーキーにつながるキーホルダーが、かすかに揺れているのがタナベにはわかった。十字架の形をした窓枠の影がタナベが抱える白い花束の上を通り過ぎていく。体育館で行われている生徒の発表が、校舎のなかで反響してタナベの耳にも届いていた。職員室のテレビから聞こえる記者会見の中継や、証券会社のうえを旋回する報道ヘリの轟音や、それがもたらすガラス窓のか細い振動や、そして校舎のなかに拡がっていく女子生徒の発表に混じって、それはたしかにあった。

〝先生〟が、うたっていた。

「きょうお話するのは、我が校のホームページの紹介と、そしてそこに書かれた、戦争中のできごとのことです」

タナベは抱えていた花束を倉庫の前に置いて、そしてそのなかを覗いた。暗闇と冷気とセメントのにおいの向こうから聞こえる、うた。タナベの背後、誰もいない廊下のなかで女子生徒の声が響きつづける。昭和二十年三月十日の東京大空襲、その夜、この学校には大勢の避難民がいました、当時まだ十九だったある女性教員が捨て身で消火作業にあたり、この校舎は全焼することなく今日にいたります、多くの避難民を救い、命がけで学校を守ってくれたこの先生のお話から、平和への祈りをこめて、我が校はご覧のホームページにそのお話を載せました。

「でも、そこに載っていないわたしの考えをこれから話します」

体育館からかすかなどよめきが聞こえて、同時にタナベは地下倉庫へとつづく階段を降りはじめた。その先につづく闇。そこから聞こえる賛美歌をうたう歌声。壁を伝う黄色いケーブルからノイズが発生する。わたしは彼女をヒーローにしたくない、体育館の女子生徒はそう言った。ホームページを一緒に作った担任の先生や教頭先生は、彼女は我が校のヒーローだと言いました、でもわたしは、それは違うと思います、だって彼女はまだ十九で、しかもクリスチャンの家の生まれで、そういうひとがこわいおとなたちに囲まれて、こわいから、死ぬ直前まで賛美歌を歌いながら、必死にじぶんを守りながら、言うこと聞いていたっていうほうが自然じゃないですか、戦争ってそういうことじゃないんですか、こわい大人がじぶんたちのためにいろいろ犠牲にしたのが戦争なんじゃないんですか、ほんとうに平和を考えるならそういうことまで考えなきゃいけないんじゃないんですか？タナベはゆっくりと階段を下りる。カビと埃のにおい。これで最初の発表を終了します！というハウリングした男性教師の声が体育館から響く。壁に手を当てて、闇の奥へと進みながらタナベは思った。そんなことはない。ありえない。でも、もし。もし、この先に〝先生〟がいるとしたら？　国民学校初等科三年の、あの三月十日の夜の、あのときの先生が待っているとしたら？

「まだ終わってません！」

体育館の女子生徒は叫んだ。ありがとうって言葉を、そんな卑怯な使い方していいっていうんですか？　ありがとうって言い方でじぶんたちの責任をうやむやにしていいんですか？　誰かを追い込んだことをありがとうでごまかしていいんですか？

「そうやって、わたしたちはこれからも、取り返しがつかない過ちを犯していくんじゃないですか？」

サメジママイの声が空っぽになった廊下のなかにこだまして、そして開いたままだったその扉がゆっくりと閉ざされていく。地下倉庫に転用されたもの。その歴史。その正体。

そしてタナベケイゾウは、その〝防空壕〟のなかに、消えた。

## 五、タナベケイゾウ

**一九四五年三月十日 深夜一時十七分**

風の音がしていた。

オレンジ色の光が廊下の窓から差し込んで、窓枠はゆらゆらと揺れる影を避難民たちの上に落としていた。クリーム色をしたコンクリートの壁や、ストーブ用の蒸気管や、灯火管制用の布がついた電灯の下には、防空頭巾《ずきん》を被った人間たちが大勢座っていた。ほとんどが女と子どもだった。油と人間のにおいがして、その中心に立つタナベはゆっくりとその景色を見回した。ゲートルを穿いた警防団員の男が避難民たちの間を歩いてやってきて立ち尽くすタナベの肩を押した。邪魔だ、男はそう言った。九歳になったタナベは母親の火傷のことを大人に知らせなければならなかったが、その勇気はなかった。ここに誰かを助ける余力がありそうな人間なんていないと思った。三階にある理科室の前で、さきほどの警防団員がメガネを掛けた別の警防団員となにかを話している。きな臭いにおいがして、床に座り込む人間たちの咳がずっと響いていた。芝も赤坂も火の海だ、紅葉川の向こうは全滅だ、そう男は言った。

「この学校はまだ、外の奉安殿に御真影を移していない」

メガネの団員の言葉に、男の顔が青ざめていくのがタナベにはわかった。この学校の教師はどこだ？　女教員はどこだ？　そう叫びながら、男はタナベの前を足早に通り過ぎていく。窓の外を走る赤い光、公園の向こうに見えるビルヂングが燃えて黄色い炎を吐き出している、風と火災の轟音のなかに人間の声が混ざっているのに気がついて、タナベはじぶんの鼓動がはやくなるのを感じた。若い母親のすすり泣きや、そこかしこで響く赤ん坊の泣き声や、ぼそぼそと御経を唱える老婆の間を縫うようにして、タナベはそれでも母親のために医者や看護婦を探すことを諦めなかった。窓から見える永代橋《えいたいばし》に殺到する黒い群衆、その上を炎が走って、人間たちが黒く冷たい水面へと落下していく、紅葉川の上に浮かぶ水死体の山、Ｂ２９の推進音が窓ガラスを震わせている、タナベは階段を下りながらじぶんが泣いていることに気がつく、赤ん坊を抱えた知らない母親とすれ違う、その息絶えた乳児の顔をずっと撫でている姿、校舎のなかに侵入した橙色の火の粉、それにつづく油のにおい、ニンゲンが焼けるにおい、タナベは思う、ここにいても助からないかもしれない、お母さんもぼくも死んでしまうかもしれない、タナベがじぶんの鼻水を右手で拭ったそのとき、じぶんの掌《てのひら》からユリのにおいがすることに気がついて、そして階段の踊り場から、その先にある昇降口をタナベは見た。

――先生。

その中心に〝先生〟はいた。

ふたつに小さく束ねた髪、黒いモンペ、防空頭巾。防火用のバケツを手に、火のついた木製の扉や、割れたガラスから入り込む火の粉や、床のタイルを走るいくつもの炎の線に向かってバケツで水を掛けつづける先生の姿。赤い光が照らすその横顔。昇降口につづく廊下の奥では、警防団員たちが校長室の扉を蹴破りながらなにかを叫んでいた。奉安所の扉が開かない、鍵が見つからない、奉安所の扉が開けられない。

「おまえ、鍵を取ってこい！」

さきほどの警防団員が先生に言った。鍵はどこにある、さっさと取ってこい！

「知りません！」

わたし、来たばかりでなにもわからないんです、先生はそう叫んだ。天窓のガラスが熱で弾ける音がして、そして男が先生の顔を叩いた。お前、キリシタンの家なんだってな、そう男は言った。

「憲兵を呼ぶぞ」

校長室の前にいた団員の男たちが先生を睨みつける。おまえの親もいっしょに突き出してやる、そう男はつづけた。キリシタンの女が陛下の御真影をどう扱ったかを全部話してやる。炎が先生の顔をゆらゆらと照らす、かすかに水の音がして、バケツを持った先生の手が震えているのがわかる、漆喰《しっくい》が剥がれる音、外から聞こえる焼かれる人間の悲鳴。わかりました。そう先生は言った。

「わたし、探してきます」

そう言って先生は炎に包まれる教員室を見つめる。

そしてタナベケイソウは、ついにその階段を駆け下りた。床を這う細い炎の筋や、窓から吹き込む無数の火の粉や、壁紙を燃やしはじめた焼夷弾《しょういだん》の熱に囲まれて立ちつくす〝先生〟の背後から、じぶんの担任であるその新人教師の背中に抱きついて、タナベケイゾウは叫んだ。

「先生、逃げよう！」

おれは先生に死なないでほしい。ずっとそれを言いたかったんだ。戦争はもうすぐ終わる。でもそこに先生はいない。おれは先生の美談なんか聞きたくなかった、五十年間ずっと先生が遺した空襲の話ばかりで、先生の勇気と献身の話で、でもそこに先生のほんとうの物語はなかったんだ、こうやってみんなで犯した間違いのことはだれも語らなかったんだ、ずっと苦しかったんだ、おれは先生がなんで死んだのか知っていたのに！　だから苦しかったんだよ！　これは間違いだったんだよ！　逃げてもいいんだよ！　逃げても平気なんだよ！　先生が震えているのがタナベにはわかる。炎に照らされた先生の顔はまだ十九歳の少女で、そしてその瞳は恐怖で震えている、正面玄関の向こうに渦巻く炎と煙、熱で割れる電球の音、警防団員の男がなにかを怒鳴りながらタナベの腕を掴もうとする、先生の腕を引いたタナベは走りはじめる、どこかから音楽が聞こえる、賛美歌三二〇番のメロディは聞いたことがない電子的な楽器の音色をしている、燃える教員室の前にある防空壕の扉は開け放たれている。

「先生、いっしょに逃げよう！」

防空壕の入口でタナベがそう叫んだ瞬間、先生はタナベの頬に手をやって言った。壁や、天井や、警防団員や、悲鳴や、学校や、防空頭巾や、赤ん坊や、その母親や、奉安室や、教育勅語や、御真影が、そのすべてが燃え上がるのがタナベにはわかった。ありがとう、タナベくん。

――また、学校で。

先生はそう言って、タナベを防空壕のなかへと押し倒した。先生！　先生！　タナベは絶叫しながら冷たく暗いコンクリートの階段を転げ落ちる、扉はゆっくりと閉ざされていく、暗闇のなかに差し込む火災の光が細くなって消える。先生の影が見えなくなって、そして歌声が聞こえた。彼女がうたう賛美歌三二〇番、タナベの前に落ちている見たことのないノート、CAMPUSのロゴ、その青い表紙が熱風に煽られてめくれ上がる、そこに書かれた誰かの言葉、先生について書かれた歴史、生徒の自主性の尊重、タナベは熱で前髪を焦がしながら階段を上りはじめる、電子的な音色が防空壕の奥から聞こえてくる、壁に這うケーブルがノイズを立てる、閉ざされる扉、そして先生の影に手を伸ばしながら、そのノートに書かれた言葉をタナベは叫んだ。先生、生きて、そして、

「いつか、ほんとうのことを、話そう！」

## 六、ナカノタカシ

## 一九九七年十一月二十四日 十四時三十二分

四年生のナカノタカシはじぶんの書いた模造紙の前にいた。音楽室の前に置かれたホワイトボードにはナカノタカシが書いた『地下鉄のつくり方』の他に、知らない六年生が書いた模造紙が貼られていて、正直言ってナカノタカシはそれに感嘆していた。量子力学やタイムマシンやタイムパラドクスや多次元世界や波と粒子という言葉が何を意味するのか、ナカノタカシにはわからないけれど、なにか、すごいことが書かれていることはわかった。『世界でいちばんうつくしい実験——二重スリット実験』というそのタイトルをつぶやいたそのとき、聞いたことのある音色がナカノの耳に届いて、彼は音楽室の方を向いた。一学年上のタニサキジュンイチが奏でるその電子的な音色。『ジュラシック・パーク』のテーマじゃん、そう思ったそのとき、なにかが開くような金属的な音が聞こえて、ナカノタカシは廊下の奥に視線を移した。

職員室の前に男が立っていた。山形にいるじぶんの祖父とおなじくらいの歳に見える。男は地下倉庫の扉を慎重に閉めると、床に置かれていたユリの花束を拾い上げて、そして目頭をぬぐった。その手に握られた青いＣＡＭＰＵＳのノートはまるで焦げたようにボロボロになっている。音楽室からは拍手が聞こえてくる。男はゆっくりと音楽室の方へ歩きはじめる。そして校長室の前で立ち止まると、そこに掲げられた額縁の一枚を見て、静かに、泣きはじめた。

「大丈夫ですか」

ナカノタカシはおそるおそる男に近づいて、そう声をかけた。先生、呼びましょうか。男はハンカチで口元を押さえながら、ゆっくりとナカノを振り返る。男が羽織る茶色いジャケットの胸に付けられたバッジには『昭和二十二度卒業生』と書かれていた。これは、何？　そう男は言って、校長室横に飾られた額縁のひとつを指さして尋ねる。

「どうして〝先生〟が校長に？」

男はそう言って再び嗚咽《おえつ》を漏らす。『昭和五十一年撮影・兜町小学校第八代校長』と書かれたその女性の顔写真は、窓からの紫外線によってやや色褪せている。誰もいない職員室ではソニー製のテレビから流れるニュース音声がずっと響いていた。わたしらが悪いんであって社員は悪くありませんから！　そう叫ぶ山一證券社長の声。そのひと、そうナカノは男に言った。そのひと、いま、この学校に来てます。
「空襲のこと、きょう、五年のサメジマさんと発表するって」
男が驚いた顔をしてナカノを見たそのとき、体育館から盛大な拍手が聞こえてきた。大勢がパイプ椅子から立ち上がる音。廊下の奥にある、体育館入口の鋼製の扉がゆっくりと開いていく。男がその扉をじっと見つめる。体育館の光のなかで揺れる女性の影。彼女を先導するサメジママイの手には、男が持っているものと同じ、ＣＡＭＰＵＳの青いノートがあった。

「いったい、これは、なんなんだ？」

震える声で尋ねる男に、四年生のナカノタカシははっきりと答える。

――総合的な学習の時間、ですけど。

## 「総合的な学習の時間（1997＋α）」東京ニトロ
## Tokyo Nitro

本作の舞台は、三洋証券、北海道拓殖銀行、山一証券という三つの大手の証券会社が一気に倒産した1997年11月。バブル崩壊後に広がった金融不安の中で起きた、金融危機の始まりです。

戦後の日本社会が作り上げたある種の豊かさと、それがはらんでいる矛盾やそこで取りこぼされてきたものを描き出した本作は、背景で流れている山一證券の会見のニュースによって、金融危機と不況の延長線上にある現代の日本社会までをも、地続きに照らし出す構成になっています。

東京さんは『FOR GAZA WRITE NOW, WRITE HERE!』などを刊行しているSF創作サークル〈グローバルエリート〉に所属しています。2019年にはゲンロン 大森望 SF創作講座を、2023年にはゲンロン ひらめき☆マンガ教室を受講。2023年の日本SF大会で久永実木彦さんと一緒にパニック映画について語る企画を開催するなど、パニック映画の大ファン。本業は生活支援員です。

# 朝顔にとまる鷹

大木芙沙子

*――江戸の花街、辰巳芸者の寅吉は、*
*博打が滅法うまかった。*

下谷《したや》の鬼子母神《きしもじん》へ朝顔を見に行かないかと寅吉《とらきち》を誘ってきたのは、戯作者《げさくしゃ》の緑豆春雨《りょくとうはるさめ》だった。寅吉は煙管をふいと口もとからはずし、うすい煙を燻《くゆ》らせながら春雨を見やると、品定めでもするみたいに「へえ」と言った。まだ店《たな》がひらくには早い昼日中、半分開けた障子窓のむこうには、灰汁《あく》が張ったような梅雨空が広がっている。

春雨は寅吉の節ばった指先から煙管を抜きとると、そのまま自分の口へと咥《くわ》え、残った僅かな煙を吸いこんだ。それから、寅吉の手に自分の手を重ねながら言った。

「前にほら、姐《ねえ》さん言っていただろう。花なら朝顔が好きだって」

寅吉は喉を鳴らすみたいにくつくつ笑いながら、春雨の手を払った。

「お春、手前もずいぶん気障《きざ》な科白《せりふ》を吐くようになったじゃないか。次は役者にでもなるつもりかい？」

それもいいかもな、と春雨は愉快そうにこたえた。散切りの髪を頭頂で束ね、格好も口ぶりもすっかり男のような春雨だったが、彼女がまだ皆から「お春」と呼ばれていた頃のことを寅吉はよく知っていた。墨堤《ぼくてい》で掏摸《すり》をしながら、破落戸《ごろつき》の使い走りのようなことをしていたお春を拾い、木母寺《もくぼじ》の和尚に預けてやったのはもう七年も前になる。せっかく寺に厄介になったというのに、お春に信仰心はからきし育たなかった。けれど芸道上達で名高い寺の御利益か、あるいは和尚による読み書きの手習いの賜物か、今では一丁前に戯作者の看板をさげて暮らしている。黒縮緬《ちりめん》の長羽織を着て、「春雨」あるいは「緑豆先生」なんて呼ばれている今となっては、その名で呼ぶのは寅吉くらいだが、かつての「お春」も春雨と名乗るようになってからの「お春」も、寅吉にとってはたいして変わらない。いつまでたっても、世話を焼いてやりたい妹分だった。

春雨の返事を聞いて、寅吉は何かを思いだしたように、着物の袖口から小箱を取りだした。

春雨がその手もとをのぞきこむ。どうやら唐木でできているらしい印籠くらいの大きさのその箱は、さほど目利きとはいえぬ春雨から見ても、いかにも高価なつくりに見えた。春雨の視線に気がついた寅吉が、見るかいと訊きながら小箱をわたす。小箱の表面には、蒔絵《まきえ》で何かの植物が描かれていた。春雨は、目を細めながらその絵を眺めて言った。

「朝顔じゃないか」

それ見たことか、とでも言いたげな口ぶりだった。

「そうさ、あたしの好きな花だ」

寅吉は言い、春雨の手のひらにある小箱の上蓋を開けた。と、箱の中から蜘蛛《くも》の子が一匹ぴょんと飛びだして、春雨の細い人差し指の上に飛び乗った。

春雨は吃驚《きっきょう》し、「ぎゃあ」と叫んで手を振りまわした。畳に尻もちをつき、そのまま壁際まで後ずさった。

「こら、ちょっと」

想像以上に大仰な春雨の反応に、寅吉はあわてて弾き飛ばされた蜘蛛の子を両手で受けとめる。「乱暴しないでおくれよ」

「いやいや、それを言うのはこっちの方だよ。ああ驚いた。まさか蜘蛛が入っているなんて」

春雨はまるで手水舎《ちょうずや》でも通ったあとみたいに、まだ手をぱたぱた振っている。寅吉はそれを見て、ふたたび可笑しそうに喉を鳴らした。「なあに、よく見てごらんよ。可愛いもんだろう」

辰巳芸者《たつみげいしゃ》の寅吉といえば、遊び好きの旦那衆のあいだで知らない者はいなかった。負けん気の強そうな目に、すこしめくれあがった上唇、その右端に、墨でちょいと打ったような小さな黒子《ほくろ》。寅吉は、器量よしというにはいささか顔が四角すぎたし、体つきもどちらかといえば筋肉質で丸みがたりず、肌の色も浅黒かった。そのうえ、しゃんと立ちあがれば女だてら上背は五尺七寸ばかり、高下駄を履かずともそこらの男をひょいと見下ろせるような大女だった。それでも気風《きっぷ》の良さは界隈でも随一で、吉原あたりと違ってそういう侠《きゃん》が好まれるのが深川の花街だったから、寅吉を気に入る者は多かった。辰巳芸者といえば色より芸が売り物で、島田髷《しまだまげ》に薄化粧、男のような羽織を纏って足もとは素足に吾妻下駄《あづまげた》というのが定番だった。旦那衆には科《しな》をつくって媚びるより、粋《いき》と鯔背《いなせ》を見せるほうが好まれた。

寅吉の漢気《おとこぎ》を象徴するような話はいくつかあったが、中でも春雨が好きだったのは、数年前の酒の席での話だった。面倒な酔客がぐだぐだとしょうもない管を巻き、芸者連中に座敷でからみはじめたときのことだ。同席していた寅吉は、鋭い目をさらにきつくつりあげて、不意に立ち上がると、ぱんっ、と大きな音で両の手を打ち合わせた。それから驚いて静まりかえった皆を見下ろして、どすの利いた声でたったひと言こう言ったそうだ。

「酒が汚れっちまったよ。今夜はここでお開きだ」

そのときの寅吉の見得《みえ》の切り方といったらよォ、とその場にいた旦那の一人は、大袈裟に身振り手振りをまじえながら、後に周囲にこう話す。「團十郎《だんじゅうろう》も竦《すく》むような大見得だ。朗々とした声に、堂々とした態度。まさに虎の咆哮よ。その場にいた俺たちゃ、兎みたいに縮こまってよ」

これは春雨だけでなく、寅吉を贔屓《ひいき》にする旦那衆のお気に入りの話だ。又聞きだったが、その科白をいたく気に入った春雨は、自分の戯作にもそっくりそのまま同じ言葉を出している。

とにかく寅吉はそんなふうな女だったから、かっとなった輩に喧嘩を吹っ掛けられたことも一度や二度のことではない。しかし吹っ掛けたところで弁が立つから口喧嘩では勝てないし、かといってあの長身で身のこなしも異様に軽く、一度なんぞは殴りかかってきた野郎をひょいとかわして二階の窓から落っことしたという噂もあった。どこまでが真でどこからが嘘かは定かでないが、そういう逸話を数多《あまた》持つ寅吉に気に入られるということは、つまり綺麗な遊びを心得た、粋な大人であることの証明だった。

花街では、如何にうまく遊べるかというのはひどく重要なことだった。自分が如何にうまく遊べるか、どれほど粋な大人であるか。夜に遊ぶ者の多くは、それを周囲に知らしめたがった。だからみんな寅吉を呼びたがったし、寅吉の馴染《なじ》みになりたがった。

だけど旦那衆のあいだで寅吉が一目置かれていたのには、もうひとつ大きな理由がある。

寅吉は、何しろ博打がうまかった。気が強けりゃ運も強くて、賽子《さいころ》でも花札でも、美味しいところをいつでも全部掻っ攫った。中でも寅吉がめっぽう強かったのが、座敷鷹《ざしきたか》と呼ばれる遊びだった。

座敷鷹とは、要は「座敷でやる鷹狩り」だ。鷹狩りといっても、もちろん天井のある座敷で鷹は放せない。そこでかわりに使われるのが、蠅虎《はえとりぐも》という蜘蛛だった。小豆《あずき》くらいの小さな蜘蛛で、座敷鷹を嗜《たしな》む奴は、皆、それぞれ自分で手塩にかけた蠅虎を持っている。各々それを持って集まって、飛び過ぎないように翅《はね》の先っぽを切り落とした蠅を部屋に放ち、どいつの蜘蛛がその蠅を捕まえるかで勝負する。これが座敷鷹の方法だった。すこし前に、将軍様のお達しで、犬猫鳥から虫けらにいたるまで、殺しちゃならねえ虐めちゃならねえというお触れが出たときには禁止になっていたのだが、何しろ蜘蛛は犬とも鷹とも違い、ポイッと箱へ入れてしまえば胸元にでも戸袋にでも簡単に隠しておけた。万が一、最中の座敷へ踏みこまれたとしても、自分たちはお蜘蛛様とお蠅様がお戯《たわむ》れになっておられるところへ偶々居合わせただけでございます、ご覧ください、この手を以て殺生はおろか折檻もしておりません、むしろ場をひらいて接待させていただいているのです云々……と、いくらだって申し開きができた。

そんなふうにして、江戸の好事家の旦那衆には存外長いこと、密かに愛されているのがこの座敷鷹という遊びであった。とくに深川、木場のあたりでこの遊びは好まれて、だから裏では、よく跳んでよく蠅をとる蜘蛛が高値で売買されていた。蜘蛛は目と頭がいい虫だから、ちゃあんと仕込めば、その分ちゃあんと仕上がった。ただ、そのちゃ、あ、ん、とが難しかった。何しろ言葉は通じないし、何を考えているんだか、こちらにはさっぱりわからない。座敷鷹の勝敗は、ほかの博打と違って予め用意できる手札、すなわち蜘蛛の良し悪しに懸かっている。寅吉は、その蜘蛛を仕込むのがまあうまかった。

寅吉の蜘蛛はよく跳んで、よく蠅をとった。のみならず、寅吉のいうことをよくきいた。蜘蛛が人間のいうことをきくなんて、馬鹿を言っちゃあいけねえと思うだろうが、実際本当にそうなのだった。

　たとえば、今にも蠅に飛びかかりそうにして蜘蛛がじりじりしているとき、寅吉は小さな鈴をチリリと鳴らす。すると、蜘蛛はじりじりしたままその場で動かなくなる。しばらくしてから寅吉が、今度は鈴をチリチリ鳴らせば、蜘蛛は尻から絹糸みたいな糸をのばして、獲物にむかって勢いよく飛びかかる。羽交い絞めにされる格好で噛みつかれた蠅は、最初のうちこそじたばた足掻くが、一度飛びかかられたが最後、八本の足と鋭い牙からは逃れられない。瞬く間に息の根を止められて、上から眺める人間どもが「おお」と歓声をあげたときにはもう、すっかり蜘蛛の餌食になっている。ほかの蜘蛛と競わせても、寅吉の蜘蛛はどの蜘蛛よりも先に蠅を見つけた。箱から出された相手方の蜘蛛たちが、なんだなんだというように、畳の上を戸惑いながら跳ねているあいだにもう、寅吉の蜘蛛は蠅のところまで、一目散に跳んでいく。まるで箱から出る前から、蠅の位置がわかっていたみたいに。

　一時《いっとき》、手持ちの蜘蛛を複数放って勝負する「合戦《かっせん》」という遊び方が流行ったことがある。人間の方は一対一、放つ蠅は五匹、手持ちの蜘蛛は十匹ずつ。より多くの蠅をとったほうが勝ちだ。この合戦というやり方でも、やっぱり寅吉の蜘蛛は強かった。普通、蜘蛛は単独で狩りをする。だのに寅吉の蜘蛛は、示し合わせたかのように連携して獲物をとることができた。一匹が囮《おとり》になって蠅の気をひいて、その間に別の二匹が背後に回って飛びかかる好機をうかがう。今だ、というところで一斉に飛びかかり、それでも蠅が万一すり抜けてしまったときのために、一匹はすぐそばで待機して、取り逃さないよう見張っている。そうして四匹ずつの二組で、蠅を次々捕まえた。あぶれた二匹がどうしているかといえば、何と相手方の蜘蛛に喧嘩をしかけているのだった。相手方の蜘蛛にしてみれば、いきなり同業者に吹っ掛けられた喧嘩に大童《おおわらわ》、蠅獲りなんかしている場合じゃない。こうして寅吉陣営の蜘蛛は五匹の蠅を瞬く間に捕えてしまうのだった。

仰天の技を見せつけられて、みんな寅吉の仕込んだ蜘蛛をほしがった。寅吉は「あたしの蜘蛛を買ったって、あたしみたいにはやれないよ」といちいち言ったが、それでもかまわないと大金を積む者は後を絶たなかった。仕方がないのでどうしてもという何人かに蜘蛛を売ったが、やはり寅吉の言うとおり、ほかの人間が箱から出して鈴を鳴らしても、蜘蛛は普通より一寸《ちょっと》よく跳ぶ程度の働きしかせず、あの神憑《かみがか》り的な俊敏さと連携は、決して見られないのであった。

朝顔の小箱は寅吉が、芸者として一人前に客をとれるようになったときに作ったものだった。それまでも座敷鷹で使う蜘蛛の面倒を見てはいたけれど、持ち運びの際には竹筒だとか蓋つきの椀だとか、さして上等とはいえない入れ物に入れて運んでいた。こつこつ貯めた金で小箱を拵《こしら》え、彩る蒔絵の絵柄を注文する際、寅吉は迷わず「朝顔の絵を」と言った。

寅吉は朝顔の花が好きだった。ずっと昔から、いっとう好きな花だった。

「それが、姐さんがいつも使う蜘蛛かい」

朝顔の蒔絵がついた小箱を卓にそっと置きながら、寅吉の手の中にいる蜘蛛を極力刺激しないよう、小さな声で春雨は訊いた。いつもってわけじゃないよ、と寅吉は言った。

「こいつは今夜の勝負に出そうと思っているんだ。たくさんいる中から、その日いちばん調子の良さそうなのを連れてくる」

寅吉の言葉に、春雨はぎょっとした。「ほかにもたくさん、ってェのは、いったいどんだけいるんだい」

「そうさね、どのくらいだろうね。百や二百じゃきかないね。と言ったって、べつに一緒の布団で寝起きしているわけじゃないよ。普段は屋根裏とか、町中とか、好きなところで遊ばせてるんだ。必要になったときにだけ、ちょいと手を貸してもらってるのさ」

何しろこいつらには手が八つもあるからね。冗談まじりに言いながら、寅吉は蜘蛛の子を卓におろした。それから、ちょいとお待ちよ、と立ち上がり、春雨が何か言うのも待たず部屋から出て行ってしまった。蜘蛛と一緒に残された春雨は、壁に背中をつけたまま、卓上の点となった蜘蛛をじっと見た。蜘蛛の子はおろされた場所からぴくりとも動かない。

しばらくすると、寅吉は手に猪口《ちょこ》をひとつ持って戻ってきた。そして「よしよし、いい子で待ってたね」と言いながら、綿でできた紙縒《こよ》りのようなものを袂《たもと》からとりだすと、それを猪口の中にすっと入れ、先端が濡れたその綿を、蜘蛛の子の前に差し出した。すると、蜘蛛の子は二本の前足で綿を押さえながら、それをちゅうちゅうと吸いはじめた。

「蜘蛛も酒を飲むのかい」

春雨が訊くと、寅吉は首をふった。「まさか、そんなわけないだろう。これは酒じゃなくって砂糖水さ。砂糖水といったって、甕《かめ》の中に二、三粒の金平糖を溶かしておいただけのやつだけど」

へえ、と春雨は唸った。自らも小指の先を猪口の中へ浸し、濡れたそれをぺろりと舐めた。なるほどねえ。

「姐さんの蜘蛛はよく仕込まれてるって、みんな言うもんな。成程、こうやって飼いならしているわけか」

「仕込む？」

寅吉は砂糖水を蜘蛛の子に吸わせながら、心外そうに眉を上げた。

「仕込んでなんかいないよ。ましてや、飼いならしてるつもりもないさ。ただあたしは、蜘蛛のいうことがわかるんだ。蜘蛛もあたしのいうことがわかるのと同じでね」

今度は春雨が、可笑しそうにけらけら笑った。「姐さん、冗談言っちゃいけねェや。蜘蛛がしゃべっているのなんて聞いたことないぜ」

「お前さん、戯作を生業《なりわい》にしているくせに随分頭が固いんだね。それに蜘蛛がしゃべるなんて、あたしはひと言も言ってないだろう。ただ、蜘蛛とあたしは互いのいうこと、考えていることが聞こえるんだ。わかる、っていうほうが近いかね。互いが見るもの聞くもの嗅ぐもの感じるもの……それらが全部、見えない糸で繋がっているみたいにわかるんだ」

春雨は笑うのをやめたが、依然納得のいかない顔をしていた。

「じゃあ何かい。姐さんが痛いときには蜘蛛も痛くて、今どこかの川で溺れている蜘蛛がいたら姐さんも溺れるってことかい」

「違う違う、そうじゃないよ。ただわかるってだけさ。それに世話をしている全部の蜘蛛と四六時中繋がっているわけじゃない。一時《いちどき》にせいぜい十四まで。それも近い範囲でね。でもまあ一里《り》くらいまでなら、何とか一匹は平気といったところかな」

わかんねェな、と春雨は唸った。「そんなのが本当だとしたら、まるで神通力か妖術じゃないか。けどなんだ、気味は悪いけど面白い。そんな奇怪な力を持った奴を主人公にしたら、屹度《きっと》大流行の話になるぜ」

「なるもんかね」寅吉は鼻で笑った。

「なるさ。そうだな、それだけだと話が弱いから、蜘蛛の力を自分も使えたら面白いんじゃないか？　蠅虎じゃ地味だから、もっとでっかい蜘蛛がいい。大蜘蛛に呪われた女が、手のひらから蜘蛛の糸をぱっと出したり、壁に貼りついてどこまでも登っていけたり、糸を飛ばしながら宙を舞ったり……そうして派手に悪党をこらしめていく大活劇。どうだい。売れそうだろう？」

「そんな頓智気《とんちき》な話が売れるかよ。だいたい、あたしは呪われてるってわけじゃない」

「何、これからの時代は多少頓智気で派手すぎるくらいがいいのさ。けどじゃあいったい、姐さんはどうしてそんなことができるのさ」

「それはさ」と言いかけて、寅吉は春雨のほうを一度見て、それからまた手もとの蜘蛛の子に目を落とした。蜘蛛の子はまだちゅうちゅうとうまそうに砂糖水を吸っている。寅吉は息を吐いた。

「お春は、蜘蛛や蝗《いなご》なんかの虫が、何処《どこ》からきたのか知ってるかい」

「何処から？」と春雨は言った。「何処からって、どういう意味さ。虫は今も昔もずっとそこらじゅうにいるじゃねェか」

「これは異国の学者先生が言っていたことらしいんだけれどね。虫っていうのは、もともとこの地にいたものじゃない。天の星から、ある日突然落っこちてきたって説があるんだそうだ。でね、その先生が言うには、虫の頭ん中には、人間とか犬とか猫とかとまったくちがう機関《からくり》が入っているらしい。蜘蛛も虫だ。蜘蛛にもそれが入っている。それによって、天にいたころ、蜘蛛は蜘蛛同士、言葉がなくても通じ合っていたそうだ。糸で繋がっているみたいに、互いの感じたものを知らせあうことができていたってわけよ。でもその機関は、落っこちた衝撃でうまく繋がらなくなっちまった。だけどね、あたしが間に入って動力になってやることで、その機関がふたたびバチッと繋がるわけさ。座敷で、あたしは何も蜘蛛に命令しているわけじゃない。ただ蜘蛛より先に蠅を見て、位置や好機を蜘蛛に伝えてやってるだけなんだ。たまに鈴を鳴らすのはただの演出。あとは蜘蛛が自分で考えて、自分でちゃんと蠅を捕る」

「おいおい、何を言ってんだか些《ちっ》ともわからねェよ。でも、するってェと、あれか。まさか自分も、天だの星だのから落っこちてきた蜘蛛なんだって、姐さんそう言いたいわけじゃないだろうね」

蜘蛛の子は砂糖水を思う存分吸って満足したようで、もういらぬと押しやるみたいな素振りで紙縒りの先から口を離した。それから寅吉が蜘蛛の子の前に人差し指の腹を差し出すと、ぴょんとそこへ飛び乗った。

「まあそれも面白いけどさ」

寅吉は、蜘蛛の子を検見するみたいに眺めた。跳び方も悪くないし、動きも至極良好だった。

「戯作にするならもう少し、義理や人情に訴えるようなやつにしてみたらどうだい」

言いながら、蜘蛛の子を朝顔の絵のついた小箱に戻し入れる。春雨は「おっ」と言って、腕組みをした。「あれかい、次作の案をくれるわけだね」

寅吉は畳の上に置いていた煙草盆を引き寄せた。煙管をふたたび手にとって、雁首《がんくび》に煙草を詰めなおしながら話しはじめる。

「主人公の名前は、そうだね、あたしが寅だから、仮に辰《たつ》とでもしようか」

《辰が生まれたのは江戸の端、荒川むこうの千住宿あたり也《なり》。母の名前は千代《ちよ》といった。日本橋の呉服屋に下女として奉公していた千代は、そこの若旦那と懇意になって子を孕む。若旦那には既に女房があったものの、大店《おおだな》の若旦那ともなれば妾《めかけ》として妻以外の女の一人や二人抱えこむ男も少なくない。しかし店の下女に手をつけたというのは、何しろ外聞が悪すぎた。

罵りと手切れ金を幾ばくか渡されて、千代は実家へ帰された。腹を大きくして帰ってきた千代のことを、両親は情けないと泣き、兄夫婦は恥ずかしいと痛罵した。恥知らず、恩知らず、身の程知らず。店でも散々言われた言葉が、ふたたび千代に浴びせられた。実家に帰ってひと月後、辰の年の初夏に生まれた娘に、千代は辰と名前をつけた。

辰がひとりで歩けるようになって半年後、千代はほとんど追いだされるようにして、舎人《とねり》村の男と夫婦《めおと》になった。男の名前は長吉《ちょうきち》といった。すでに四十を過ぎていて、酒をのむと大きな声を出して拳をあげる男だった。長吉と暮らしはじめた翌年《よくとし》に、千代の腹はまた膨らんだ。ほとんど毎夜のように打《ぶ》たれながらも、お腹の子はすくすく育ち、寒い冬の夜にまた娘が生まれた。二人目の子を千代は雪《ゆき》と名づけた。

三つしか違わないというのに、辰は雪の面倒をよくみた。雪は、母よりも父よりも、辰について回るようになり、辰はそんな雪が可愛くって仕方なかった。辰は歳のわりに体が大きく、雪はそれと反対に小さかったから、傍からは実際よりもずっと歳が離れた姉妹に見えた。

辰の歳が十を数えて間もない朝、千代が何を言い残すでもなく死んだ。長吉に打たれた傷が化膿して、いつまでたっても熱が下がらないと数日前から言っていた。医者には診せなかったから、死んだ原因はわからなかった。でも死んだ理由は村のみんなが知っていた。知っていたのに誰も助けてくれなかった。誰も助けてくれなかった、と辰は思った。雪のことは自分が守ってやらなくてはならない、とも。

千代がいなくなり、長吉は娘を打つようになった。酔った長吉の凶暴さは、自らの体の裡《うち》で煮えたぎる岩漿《がんしょう》に、悶え苦しむ獣のようだった。獣は唾《つばき》を飛ばしながら、拳をふりおろすことでしかその苦しみから逃れられないのだった。辰はその獣の前に立ち、自ら率先して打たれるようになった。

辰はどんなに打たれても、泣いたり叫んだりしなかった。顔を赤黒く腫らしたまんま、こちらをじっと見る辰の目を長吉は疎んだ。散々殴りつけて気がすむと、表に引きずり納屋へと放りこんだ。使っていない農具や荷車をしまってある納屋は埃っぽくて、灯りもないから真っ暗だった。凍えるような夜には、荷車に被せられているぼろ布を体に巻きつけた。毛羽立った硬い布が傷ついた肌をこするたび、顔をしかめるほどの痛みを感じたが、寒さには代えられなかった。それにくらべると夏はよかった。うだるように暑苦しい夜でも、納屋の地面はほんのり冷たく、殴られて腫れあがった顔や腕や太腿をそこへつけると、痛みと熱がほんのすこしだけやわらいだ。

辰が涙ひとつも零さずに打たれているあいだ、雪は部屋の隅で体を丸めて耳をふさいで、目をぎゅうと瞑って泣いていた。そうしろと言ったのは辰だった。声も出してはいけないよ。自分はそこにはいないと思いこむんだ。言われたとおり、雪は声を押し殺し、肩を震わせただ泣いた。

どんなに殴られても蹴られても、痛む体を凍てつく夜や蒸すような晩に納屋へ転がされても、辰はどうして自分が打たれるのかとは思わなかった。自分が雪のかわりに打たれることは、自分が雪を守ることができているということだった。それは辰にとって、何にも勝る誇らしいことだった。辰は死んだ母親のことも、自分たちを捨てた父親や祖父母や伯父らのことも、長吉のことも、同じくらい憎かった。その憎しみを、軽蔑にすりかえることによって生きていた。

自分は雪を守れるのだ、と辰は思っていた。あいつらとは違うのだ。自分の背がもう少し大きくなって、ひとりで立派に働けるようになったなら、雪を連れてここから出ていこう。それが辰の夢だった。そうしてふたりで暮らすのだ。自分は体が大きい方だし、歳は誤魔化せるだろう。丈夫で、力仕事にもむいている。せいぜいあと一、二年の辛抱だ。痛む体を横たえながら、辰はいつもやがてくるその日に思いをはせた。

打たれた後は、皮膚のじんじんとした痛みより、骨や臓器の鈍い痛みのほうが辛かった。腹の奥で燃える太鼓を鳴らされているかのような痛みが、いつまでたってもひかなかったある夜、ふいに辰は、もしも自分がこのまま死んでしまったら、雪はどうなってしまうのだろうと考えた。

風のない水張月《みずはりづき》の晩だった。自分が死ねば、かわりに雪が打たれることになるのはまず間違いないだろう。辰と違って雪は華奢で、骨も細く背も小さい。辰と同じくらい打たれたら、ひと夜で死んでしまうかもしれない。万一死んだりしなくても、今の自分と違って、その瞬間の雪はひとりぼっちなのだ。すでに此処《ここ》は地獄だが、誰のためでも何のためでもなく、ただただ打たれ続ける日々は、いったいどれほどの地獄だろうか。

考えだすと、想像は悪い方へ悪い方へと早馬のように駆けて止まらなかった。鳩尾《みぞおち》では燃える太鼓が鳴り続け、痛みが脈動とともに辰の思考を追いたてた。

ああ、死にたくない。死んでしまうのは困る。

辰は横向きに寝そべったまま身動きもできず、唸りながら闇を見すえた。死んでしまうのは困る。この地獄で、雪を守って手をひいてやれるのは、唯《ただ》自分だけなのに。

そのとき、ふと頬のあたりを何かがさわるような感触があった。

はじめ、辰はそれを蠅だと思った。痛みに目をとじたまま、動かない自分を死体と勘違いしたのだろうか。かすかに首を動かすと、何かは頬からこめかみへと移動した。いつまでも飛んでいかないので、蠅ではないのかもしれない。ではいったい何だ、と辰が思ったときだった。

何かは、辰の耳の穴へともぐりはじめた。辰は思わず悲鳴をあげた。痛む腹をおさえていた手を耳にやり、指を突っこんで何かをかきだそうとした。しかし何かはどんどん深いところへ入っていった。耳の中をがさがさと、得体のしれない物が奥へ奥へと進んでいくのがわかった。奥へいくほど穴は狭くなっているのか、不快なくすぐったさは徐々に局所的な痛みへ変わった。杭のようなものを、頭の中の一か所に穿たれているような痛みだった。痛みと混乱で眼の奥底がぐらぐらした。辰は気を失った。

長吉は慈姑《くわい》や葱《ねぎ》をつくって、千住市場の問屋へ卸すのを生業にしていた。常は問屋へ直接卸したが、稀に市場まで出向くこともあった。体が大きく力もあった辰は、手伝いとしてよく市場へ連れていかれた。雪も時々はついてきた。神田・駒込と並んで幕府の御用市場として知られる千住青物市場には、常日頃より青物から魚まで多くの問屋が集まる。売りにくる者、買いにくる者、卸す者。場内はいつも人びとで賑わっている。

運んできた慈姑をすっかり荷車から下ろし終え、長吉が問屋とあれこれやりとりしている間、ふたりは場内を歩いて時間を潰した。あまり遠くへは行けないが、長吉のそばをうろうろしていても邪魔にされるだけなので、ちょうどいい頃合いを見計らって戻らなければならなかった。

前日に納屋で気を失ってから、辰は朝まで目を覚まさなかった。姉ちゃん、と納屋に起こしにきた雪の声で目をあけると、頭の痛みはもうすっかりとれていた。鳩尾の痛みはまだあったが、それもずいぶん回復したようで、身を起こして立ち上がり、自分でちゃんと歩くこともできた。よかったと安堵して、辰は心配そうな顔でこちらを見あげる雪を抱きしめた。

場内を歩きながら、雪は辰に傷は平気かと訊いた。朝からもう何度目かのその問いに、平気だよ、と辰はまた答えた。答えながら、指で髪を梳《す》くように雪の頭を撫でた。雪は何にも心配しなくっていいんだよ。まともに手入れをしていないせいで、雪の髪はごわごわと指が閊《つか》えた。

しばらく歩いていると、「よう」とふたりに声をかける者があった。

声の主は、川魚問屋の太助《たすけ》だった。太助は場内で歩いているふたりを見かけると、かならず声をかけてくれた。いつも偉いねェと言いながら、魚を並べた台の奥で茶や干し柿を分けてくれることもあった。頭を下げて礼を言うふたりに、義理と人情あってこその商人よと言って笑った。太助はほかの大人と違い、辰の顔や腕にできた痣も無視しなかった。あるときなど、「どうしてもきついようならうちに来るかい」とまで訊いてくれた。

太助には妻があったが子どもがなかった。お前さんがきてくれたら、きっと女房も喜ぶよ。太助は言った。辰は、自分には雪がいると言った。雪も一緒に貰ってくれるのかと訊くと、太助はちょっと口ごもった。それから、そうだな、と頷いた。もちろん、お前ェだけってわけにはいかないもんな。

嘘だ、と太助の逸らした視線を見ながら辰は思った。ふたりは無理だと言っているんだ。

太助の店にはその日、普段はないような鉢植えがいくつか並べられていた。素焼きの鉢には真ん中に棒が突き刺さり、そこへ細い蔦のような植物が、蛇のように巻きつきながら伸びていた。葉はどれもうすくて小さかったが、水鳥の足のようなものから鍵爪のようなものまで、様々な形があった。雪が興味深くそれを眺めていると、太助が「そいつは朝顔の苗だ」と教えてくれた。

太助によれば、最近江戸のあたりでは、この草花がずいぶん流行っているらしい。いくつもの種類を掛け合わせ、如何に変わった色形の花や葉っぱをつけられるかということに、江戸の人びとは心血を注いでいるという。

「何しろこのくらいの鉢さえあれば、軒先で誰でも簡単に楽しめるんだ。江戸の下谷じゃ朝顔市なんてのが開かれたりしてよ。そりゃあ随分盛り上がってる。ひとくちに朝顔といっても、桔梗みたいな花をつけたり、牡丹みたいな花をつけたり、花の種類もごまんとある。中には火花や獅子の頭みたいな変わった形もあるし、色も藍に紫、紅に黄色と多種多様。好みの種を植えればあとは支柱をこうして立てておけばいい。といっても、うちに置いてるこれはもう、芽を出させて蔓も支柱に巻きつけてあるやつだから、あとは花が咲くのを待つだけだがね」

並べられた鉢は、太助が流行《はやり》に乗って育てはじめたものだという。「魚の問屋で花が売れるとは思えねェが、まあ趣味の延長で、欲しがるやつがいれば儲けもんくらいの気持ちよ」と太助は笑った。

「朝顔」

雪は覚えたての花の名前をくりかえした。太助は、おうよ、と得意げに頷いた。

「朝顔の花は、夜を数えて咲くんだ。どんなに立派な蕾がついても、ずうっと明るいままだと、うまく花がつかないそうだ。つまり朝顔は、朝がくるから咲くってわけじゃなく、夜があるから咲く花なのよ」

さすが客商売をしているだけあって、その後も流暢に知識を披露する太助の話を、雪は興味深そうに聞いていた。辰は朝顔の細い蔓に指でそっと触れた。蔓にはよく見ると白っぽい産毛が生えていた。もっとよく見ようと目を窄《すぼ》めた刹那、こめかみに針を刺したような痛みが走り、視界が一瞬明滅した。直後、見たことのない景色が辰の頭の中に広がった。

地面が近い。見上げるほど大きな木の幹のようなものが眼前にあった。それには太い蔦が巻きついて、天高くまで伸びている。白く細かな毛が生えた蔦、足もとの黒い土。そうした景色が頭の中で見えていた。自分の眼はたしかに目の前の鉢を見ているのに、頭の中ではもうひとつ、その別の景色が見えていた。見えているだけではなくて、踏みしめる土の感触や、雨上がりみたいに湿ったにおいまでが感じられた。

いったい何が起きているのか、混乱しながら辰が鉢植えに敷かれた土に目を落とすと、そこには小豆ほどの大きさの一匹の蜘蛛がいた。その蜘蛛の、ほとんど点のようなつぶらな八つの眼の中に、辰の姿が映りこむ。すると、辰の頭の中の景色にも、巨大な人の姿が見えた。

——あれは、私ではないか？

辰は今、自分が頭の中で見ているものが、この蜘蛛の見ている景色であるのだと理解した。

なぜそんなことが起きているのかはわからなかった。ただ蜘蛛の視覚と自分の視覚が、寄せ木細工を合わせるように、ぴたりと填まっているみたいな感覚だった。自分が実際に見ているものとは別の、蜘蛛の視界を見るのは不思議な心地だった。視覚だけでなく、蜘蛛の意思のようなもの、蜘蛛の考えていることまでが、辰には感じとれていた。今、蜘蛛はこの植物を登ろうか登るまいか、逡巡しているようだった。

やがて蜘蛛は毛みたいに細い足を動かして、平地を歩くみたいな気やすさで、蔓をすると登りはじめた。辰は目線を隣の雪へやった。雪はしゃがんだ格好のまま、太助の話を聞いている。蜘蛛は、雪から隠れるみたいにして蔓を登った。

「よかったら、ひと鉢持って帰るか？」

太助は雪に訊いた。雪はぱっと表情を明るくしたが、すぐに不安げな顔で辰を見た。

辰は、大丈夫だよ、という意味で頷いた。長吉は、酒をのんでいなければ、辰と雪を邪険に扱うことこそあれど、激高したり暴力をふるったりはしなかった。たいして大きい鉢でもないし、要らないと言うからもらったのだと適当に言えば、さほどの興味も示さないだろう。

「どうする？」と訊ねる太助に、雪は「ありがとうございます」と言った。

声を弾ませて太助に礼を言う雪の後頭部を見ながら、辰は朝顔の葉の上からも、嬉しそうな雪の大きな横顔を同時に見ていた。

辰の予想どおり、長吉はちょっと怪訝な顔をして見せたくらいで、朝顔の鉢についてとくに何にも言わなかった。帰り道、雪は何度も荷台に乗せた鉢を見ては頬を綻ばせた。

「朝顔市っていうやつに、いつか姉ちゃんと行きたいな」

朝顔にくっついていた蜘蛛は、市場を出る前に葉から地面に飛びおりてしまった。飛びおりてしまってからも、辰の感覚と蜘蛛の感覚はしばらく重なったままだった。蜘蛛は跳びはねながら青物問屋の並ぶあたりまで行って、手近な箱の裏にくっつくと、静かに体を休めた。わずかの時間とはいえ、ずっとふたつの感覚を知覚しつづけていたら、辰は目の奥がひどく重たくなった。痛いとか辛いとかではなく、ただ疲れたなという感じだった。歩きながら、瞼に力を入れてぐっと一度目をとじると、こめかみに先ほどと同じ微かな痛みが走って瞼の裏が明滅した。次に辰が目をあけたとき、感覚はまた自分ひとりのものに戻っていた。

それから数日経ってわかったことは、どうやらあの不可思議な感覚、蜘蛛と重なる感覚には、うまくすればこちらの都合で出たり入ったりできるということだった。辰は家や表にいる蜘蛛をつかって、その感覚へ入りこんだり、またそこから出たりするのをくりかえした。蜘蛛の種類によってなのか、入りこみづらい蜘蛛もいた。どうやらあんまり大きい種類よりは、小さい種類の蜘蛛のほうが、疲れずに入りこみやすいようだった。

蜘蛛の感覚は、はじめは一匹だけとしか重ねられなかったが、くりかえしていくうちに同時に複数匹と重ねることができるようになった。これまでほとんど気にしていなかったが、辰の暮らす家にはところどころで蜘蛛が巣をはっていた。天井の高いところだったり、普段は見ないような部屋の隅に、それらはひっそりとあった。巣をはらない蜘蛛もいるようだった。うまく入りこめるようになると、辰はどこに何匹の蜘蛛がいて、何を見ているのか、何をしようとしているのかがすぐにわかるようになった。そしてそれは、辰が繋がっているすべての蜘蛛と同時に共有されている感覚のようだった。たとえばある瞬間に、一匹の蜘蛛が今まさに巣をはろうと糸を出したことも、別の一匹の蜘蛛が小蠅に飛びかかったことも、収穫した葱を束ねるために辰が紐を手にとったことも、すべてが同時に、蜘蛛たちと辰に共有された。

ある晩、また長吉が荒ぶって辰に手をあげた。辰はいつものように泣くでも叫ぶでもなく、打たれるままになっていた。それから、いつものように納屋へ放られた。

地面に仰向けに寝転びながら、今日はそんなにひどくやられなかったな、と辰は思った。月の明るい夜だったから、傷んだ屋根の隙間から漏れる月光が闇を仄かに照らしていた。眠りに落ちるわけでもなく、しばらくただじっと目をとじていた辰だったが、そういえば自分がいない夜の雪は、家の中でどんな様子なのだろうとふと気になった。泣きやんで、もう寝ている頃だろうか。それとも布団をかぶってなお、まだ泣いているのだろうか。

そうだ、と辰は思いついた。

目の奥に力を入れて、意識を集中させる。こめかみの痛み、明滅。家の中にいるはずの、蜘蛛の感覚と自分を重ねあわせる。

どうやら一匹の蜘蛛が、梁の上にいるようだった。囲炉裏《いろり》の火の明るさがまだあって、長い影が天井近くまで伸びていた。まだ長吉が起きているのだろう。でもそれにしては、揺れる影の形が妙だった。だってあの影は人ではなくて、地を這う獣みたいではないか。いや、獣ですらない。影には足が八本あった。まるで蜘蛛みたいに……。

影から視線を外して、梁の蜘蛛は部屋を見下ろした。長吉の背中が見えた。四つん這いになったそのからだの下からは、細く白い四肢がのびていた。

全身の血が逆流するのを感じた。辰は、弾かれたように飛び起きた。目に入った錆びだらけの鎌を手にとると、矢庭《やにわ》に納屋を飛びだした。納屋の戸にはいつも鍵がかかっていなかった。辰は納屋に放りこまれても、一度だって朝がくるまで出ようとはしなかったからだ。

家の戸を乱暴に開くと、長吉がふりかえるより速く、辰はその背に飛びかかった。長吉は驚いて立ち上がろうとしたが、しがみついた辰の体重で後ろへ大きくよろめいた。その拍子に、辰は今まさに振りおろそうと掲げていた鎌を落としてしまった。引きはがそうとする腕が辰の顔に伸びようとした刹那、辰は長吉の頸動脈に力いっぱい嚙みついた。

朝の光がさすより前に、鉢の朝顔が咲いていた。そのことに気がついたのは辰ではなくて雪だった。「あっ」とちいさな声を洩らして、節ばった指で示した先には、紅色の花がひとつあった。いわゆるまるい朝顔ではないそれは、花びらが撫子《なでしこ》のように無数に割れていた。まだうす暗い部屋の片隅で、発光するみたいに鮮やかに咲くそれを花火のようだと雪は思い、血に濡れた蜘蛛の巣のようだと辰は思った。

もう動かない長吉の体が板敷の床に転がったままになっている。囲炉裏の火はほとんど消えて、白い煙が細く立っていた。

「雪」と辰は雪の両肩に手を置いて、正面から向きあうかたちでその目を見つめた。

雪の両肩は震えていた。でも辰にはそれが雪の震えなのか、自分の手の震えなのかわからなかった。雪の着ている衣は朝顔と同じ色に濡れていた。小さな手のひらが、まだ紅の滴る鎌をかたく握りしめている。辰はそのこわばった指を、一本一本ほぐすように外してやった。

「雪、あんたは太助さんのところへ行くんだ。太助さんは、ひとりだけなら子どもを引き取ってもいいと思ってる」

いやだ、と雪は首をふった。いやだ、いやだと首をふりながら泣いた。姉ちゃんから離れない。ずっと一緒にいるんだと言って泣いた。

「馬鹿」

辰ははじめて雪に怒鳴った。大きな声に、雪はびくっと肩を揺らした。辰はでも、すぐに厳しい表情をやわらげて笑ってみせた。

「ねえ、じゃあふたりとも大人になったらさ、朝顔市へ行こう。下谷の朝顔市さ。太助さんが言っていただろ。雪も行きたがっていたじゃない。そこで待ち合わせするんだ。いや待ち合わせなんかしなくていい。あんたが太助さんの店を手伝って、それで朝顔の鉢を売るのも成功させて、朝顔市にも店を出しにくりゃあいい。そうしたら、あたしはその花を買いに行く。ねえ雪、あたしはもうひとりでだって生きていかれるけど、あんたがいたんじゃお荷物なんだ。だからはやく大きくなってよ。それまで太助さんのところへいるんだよ。あたしの言ってること、わかるだろ?」

鼻水と涙でぐずぐずになりながら、雪はなおも首をふった。辰は雪を抱きよせて、「わかるだろ」と、今度は訊ねるのではなくて、確認するみたいに言った。

首筋に、雪のなま温かい吐息と湿り気を感じた。朝顔が部屋の隅からふたりを見つめるみたいに咲いていた。その全景を、辰は天井の梁からも見ていた。蜘蛛たちだけが、辰の胸の中でくりかえされる言葉を聞いていた。

ごめんな、雪。ごめんな。

それから朝がくるまえに、娘ふたりは家を出た。村の人間が長吉の亡骸を見つけたのは翌日の夕刻だった。惨状を見た多くの者は、盗み目的の賊にでも押し入られて殺されたのだろうと考えた。実際、長吉の家にあるはずのわずかな財産や食料は、ほとんど残っていなかった。娘たちも連れ去られ、売られるか、どこかで殺されて捨てられているに違いない。かわいそうだね。かわいそうな子たちだね。親父に暴力をふるわれて、こんなふうな末路だなんて。そうして口々に言い合いながら、涙を浮かべる者すらあった。本当に、なんてかわいそうなんだろう。誰か、助けてやればよかったのにね。》

快晴の朝顔市は盛況だった。そこらじゅうに並べられた朝顔の鉢植えを、人びとは時おり立ち止まりながら、物珍しそうに眺めていく。多くはまだ蕾だったが、どんな花が咲くのかを見せるため、どの店でもいちばん目立つ場所には開花した鉢を置いていた。

文化丙寅《ぶんかへいいん》の大火の後、空き地になった下谷あたりではじまった変化朝顔の栽培は、今や植木屋や好事家のみならず、武士や庶民の間にも広まっている。初夏に下谷の鬼子母神でひらかれる朝顔市には、物見高い江戸っ子が多く訪れて、多様な異花奇葉に感嘆の声をあげる。春雨も扇子で顔をあおぎながら、珍奇な咲き方の花を見つけるたびに、「ほお」と唸りながら市を練り歩いた。

まだ夏の盛りは遠いはずなのに、一寸歩いただけで脇には汗がにじんだ。結局寅吉は、あたしは遠慮しておくよ、と春雨の誘いを断った。断ったが、上野に野暮用があるからと、すぐ途中までは春雨と同じ道を歩いてきた。木場から歩いて両国橋を渡り、さらに神田上水に架かる和泉橋を渡った。江戸の人たちはよく歩き、歩調も速い。背の高い寅吉は歩幅も広いので、短躯の春雨には殊更歩みが速く感じた。

「ここまで来るなら、ついでに一緒に行けばいいじゃねェか」

和泉橋を渡り終えたあたりで、ちぇっと唇を尖らせた春雨の言葉を受け流し、ところで、と寅吉は訊いた。「ところでこの前の話、評判はどうだったんだい？」

春雨は、大袈裟にため息をついてみせた。

「てんで駄目。まるで売れなかったよ。板元《はんもと》にも小言を言われた。女を主人公にするんなら、色恋物にしろってね。今どき売れるのは悲恋物って相場が決まっているんだと。男一人に女が二人、そいつらが鳥黐《とりもち》みてェにべたべたねちゃねちゃするような話がいちばん面白いんだってよ。そんなわけあるかよ。見る目がねェんだよなァ、どいつもこいつも。次は、例の飛んだり跳ねたりする蜘蛛女の活劇を書くって言ったら、それも主人公は男にしろって言うんだぜ。まったくふざけくさりやがって。嫌ンなるよ。そのうえで、義理だの人情だのはかならず入れろって。まったく、毎度型に填めたような注文ばっかりで世話ないぜ」

ほんとだな、と寅吉は頷いた。でも同情するというよりは、至極愉快そうな顔だった。

まるでそうなることをはじめからわかっていたみたいな口ぶりに、春雨は少しむっとする。

「なあお春、江戸のみんなが大好きな、義理と人情の正体を知ってるか?」

「正体?」春雨は不機嫌そうな声で、寅吉の言葉を鸚鵡《おうむ》返しした。「正体も何も、義理と人情は、義理と人情以外の何でもないだろう」

寅吉は、春雨の歩幅にあわせてゆったり足を動かしてやりながら「いいや」と首をふった。

「あれはよ、見栄《みえ》と外連《はったり》なんだ。見栄と外連に綺麗な紙をぺたぺた貼って、立派に飾った張りぼてさ。人なんて、みんな本当は自分のことしか考えちゃいないし、考えられねェようにできてんだ。蜘蛛や蠅と同じさ。だけどよ、見栄と外連があるから、やれ義理だ人情だって、格好つけた自分でいようとするんだ。あたしはさ、それを悪いことだなんて全然些とも思わない。見栄と外連のおかげで、助かる命があるかも知れない。だったら張りぼてだろうとなんだろうと、無いより有るほうがずっといい。だからさ、見栄っぱりで外連まみれで、義理だ人情だって嘯《うそぶ》く奴らが嫌いじゃないんだ」

「なんだよ、それ」春雨は納得いかない顔をした。「おれは嫌だね。見栄も外連も、馬鹿馬鹿しいや。そんなくだらねェもんに頼らないと格好つかないなんて、格好悪すぎるじゃないか」

不貞腐れたような春雨の言葉に、寅吉は大きな口をあけて笑った。「違いねェ」

それから上野の山が見えてきたあたりで、じゃああたしはここで折れるよ、と寅吉は言った。春雨は、本当に行かねェのかとまだ食い下がったが、寅吉はそのまま手をひらひら振って、春雨が行くのとは別の路へ歩きだした。その背中を見送りながら、春雨は「あっ」と思いだしたように声をあげた。

「姐さん」と、後ろ姿に呼びかけた。寅吉はくるりと振りかえった。

「そういえば、今度教えてくれるって言ってたろ。あの話、結局どっからどこまでが本当なんだ？」

「どっからどこまでもあるわけないだろ」

寅吉は櫛巻きに結った髪のおくれ毛を直すような仕草をしながら言った。「全部法螺《ほら》に決まってら。あたしを誰だと思ってるんだ。座敷の寅、蝿獲りの鷹よ。見栄と外連は博打の基本さ」

人ごみの其処彼処《そこかしこ》に朝顔市と書かれた幟《のぼり》が立っている。春雨がずらりと並べられた鉢に目を落とせば、彼方此方《あちこち》に珍しい花や葉が見える。八重桜のようにふんだんに花弁を散らして咲かせたものや、針のような葉をもつものなど、朝顔と言われなければそうとはわからないような鉢も多い。ふと春雨は、並んだ鉢の中のひとつに、寅吉の話に出てきたような花がついているものを見つけた。

「いらっしゃい」

鉢のむこうから、若い女が春雨に声をかけてきた。顔をあげると、女は「それ、うちじゃいつも一番人気があるやつだよ」と言った。「新しい花も物珍しさで売れるけど、毎年これって決めて買っていく客も多いんだ」

鉢の真ん中に立つ支柱に、くるくると蔦を巻きつけて咲いているその朝顔の色は鮮やかな柘榴《ざくろ》色。細かく裂けた花弁は火花のようにも、染色した蜘蛛の巣のようにも見えた。根もとには小さな木札が挿してある。木札に書かれている文字は、花の種類の名前だろうか。黄斑入柳葉紅撫子采咲牡丹《きふいりやなぎばべになでしこさいざきぼたん》。

「長い名前だな、って思ってんだろ」

女は、眉間に皺を寄せて木札を見つめる春雨の心を、見透かすみたいにして言った。

「こういう変わり種の朝顔はさ、葉や茎の色形、それに花の色と咲き方を全部並べて名前にしてあるのさ。たとえばこれは、ほら、葉っぱの形が柳みたいに細長いだろ。だから名前の中に柳葉ってェのが入ってるんだ」

女はすこしめくれあがった唇を、得意げに持ちあげた。「長い名前は呼びづらいだろ。だからうちでは通称で、これを紅虎《べにとら》って呼んでんだ。ほら葉に入ったこの斑《ふ》が、虎の模様みたいに見えるだろ」

たしかに黄みがかった葉にところどころ色抜けが見えるその白い斑は、虎の背を模しているように見えなくもなかった。寅吉への手土産に、ひと鉢買っていこうかと思ったところで、女が続けた。

「でも残念。これは見本なんだが、この見本もふくめて紅虎の買い手は全部決まっちまってるんだ。悪いね。ほら、こっちにあるこの花なんてどうだい？　まだ巷にほとんど出てない獅子咲《ししざき》の新種で……」

女の言葉を末まで聞かず、春雨は「いや、やめとくよ」と立ちあがった。おや、と女は心外そうに眉を上げたが、「そうかい」と言って引き下がった。

春雨は、またぶらぶらと歩きはじめた。黒縮緬を羽織った背中が、人波にのまれて見えなくなった。女は、やっぱり売れないものは下げておいたほうがいいだろうかと思案した。それでもやっぱりこの花が女はいっとう好きだったので、どの花よりも目立つ場所に、どんと置いておきたかった。見本の分は、毎年買い手が決まっている。いっそ買い手の名前を書いた札でも鉢に下げておこうか。

先刻までの春雨のように、女は鉢の前にしゃがみこむ。赤い火花が光を受けて、気持ちよさそうに咲いている。と、細長い葉の上に、小さな点がひょいとのぼった。点には足が八本あった。

## 「朝顔にとまる鷹」大木芙沙子
## Ohki Fusako

本作に登場する〈入谷朝顔まつり〉は、現在でも毎年7月に行われているお祭りです。入谷鬼子母神（真源寺）とその前の言問《こととい》通りで開催されます。朝顔が観賞用の植物として愛されるようになったのは江戸時代。品種改良が盛んに行われ、様々な突然変異体の朝顔（変化朝顔）が愛好されたそうです。

大木さんはトウキョウ下町SF作家の会会員。2019年からオンライン文芸誌「破滅派」にて活動。オンラインSF誌Kaguya Planetに寄稿した「かわいいハミー」「二十七番目の月」が話題となりました。余韻の残る短編小説が魅力の書き手で、短編集『花を刺す』（惑星と口笛ブックス／2021）を刊行しています。『kaze no tanbun 夕暮れの草の冠』（柏書房／2021）や『水都眩光　幻想短篇アンソロジー』（文藝春秋／2023）など複数のアンソロジーや文芸誌に小説を寄稿しています。

# 工場長屋A号棟

笛宮ヱリ子

――これが何の部品なのか
　知らされないことが最大の不満だった。

工場長屋の床板は、あちこちで軋《きし》み音がする。四畳半ほどの小部屋が六軒連なるこのA号棟では、どの部屋も機械油と錆《さ》びの匂いが染みつき、戸を開けると足元には鉄屑や曲がった部品が砂利に混ざって山ほど落ちている。穣は、野良猫がふらりと近づいたりしないように、夜にときたまシフトに入るバイト先のコンビニで、珈琲マシンに溜まった滓《かす》をもらって、周辺にまき散らしておく。だから猫は来ないし、不思議と蟻やミミズを見かけることもない。たまに、互いの錆びがくっついて奇妙な形になった釘やネジが、黒い昆虫のようにうごめいて見えることがあるだけだ。靴底がしょっちゅうだめになるから、安いスニーカーを何度も履き替える羽目になる。

都心から南へ下った工業地帯の端に、この長屋は建っている。かつては同じ元締めが仕切っていた長屋が界隈にA号棟からC号棟まであったらしいが、今も残っているのはこの

A号棟だけだ。町工場と言っても、その規模はさまざまだ。五階建ての豪奢なビルに観光客用の展示室まで設えた工場もあれば、穣の部屋のように一台の旋盤だけを備えて同じ作業を反復する、ごく小さな現場もある。この場末の一画には、小規模の部品工場と長屋と倉庫が密集し、その間を縫うようにして、うどん屋と豚カツ屋が一軒ずつとイートインのある弁当屋が一軒、それぞれ客の奪い合いにならない程よい間合いで、店を営んでいる。

この辺り一帯には「仲間回し」と呼ばれる流れ作業の慣習があり、ア工場の工程の一部をイ工場が、それが終わったらウ工場が、さらにその後をエ工場が、というように、近隣の工場で工程を分けて請け負う仕組みが発展している。むろん、工場と呼べるのかもあやしい長屋の連中が、工程を担うこともある。穣は長年のあいだ、このA2号室と呼ばれる長屋の一室で切削加工を担っていた。いた、と言うのは、最近では仕事の入りに多分にむらがあるからだ。正確には、むらがあるわけでもないほどに、仕事と呼べそうなものは舞い込まなくなっている。

「煙草、ここに捨てんなよって」

戸の向こうから、吐き捨てるような独り言が聞こえる。A3号室の新入りは、いつも髭を伸ばし放題、銭湯の入浴料もカップ酒に注ぎ込んでしまうような男なのに、なぜか長屋の風紀には潔癖で、この界隈の連中が長屋前に適当に捨てていく吸い殻やペットボトルに、いつも憤慨している。気持ちはわかるが、そんなことに逐一反応していたら、ここではやっていけない。工場長屋の連中は動静が両極端で、長く居つく輩とすぐに辞めていく輩にほぼ二分されている。手先が不器用で仕事にならないような奴は、さすがにあまり来ないのだが、ほんの些細な気性の差が、界隈の「仲間回し」の円環にうまく入れるか否かを左右する。A3号室の新入りは、さっきみたいな不愉快な独り言が多いし、声がやたらと大きい。本人にあまり自覚はないのだろうが、恐らくはA3号室の宿命として、この長屋に居つくことはないだろう。穣はここへ来て八年になるから、よくわかる。今長いのは、穣の居るA2と、寡黙で肌の浅黒い若者がかれこれ四年ほど研磨をやっているA6だけだ。A3とA4は、ここ数年は回転が速いと決まっている。A1は穣が来る前からずっと空きで、機械も撤去されている。A5は、A6の奴が来て以来、すっかり空きになっている。A5とA6には同じ機械が置いてあるというから、勤勉なA6男一人で十分回る仕事量しかないのだろう。

「………」

A3男の声を聞きつけて部屋から出てきたA6男が、押し黙ったまま煙草の吸い殻を拾い集める。自分が吸ったわけでもないのにやたら従順な振る舞いで、穣はかえって心配になる。A３男とは対照的に、こっちの男は大人しく状況を受け入れすぎではないか。長屋で働く若者にしては、ずいぶん物腰柔らかだ。浅黒い肌と黒目がちな丸い瞳は、異国の血筋を色濃く呈している。肌色の系統は違うとは言え、同じく異国の面立ちが明らかだった自分の父親が、人前ではどこか遠慮がちだったことを、つい重ねてしまう。穣は四分の一だが、A６男は多分、父と同じ二分の一だろう。

しかし、気にかけ続けるには、A６男は無口過ぎだ。最初こそ、穣はA６男に色々と構っていたが、穣がいくら声をかけても一言三言の返答か、首を縦に振るか横に振るかくらいで、すぐに会話が途切れるから、結局は遠巻きに見守るしかなくなった。ただ、あるとき、奴はどうやら宝くじを買っていること、たまに近所の古本屋で安価なエロ雑誌を見繕っていることを知り、以来、安堵している。寡黙なだけで、中身は健康な若い長屋男なのだ。

金属が削れる小気味よい音が辺りに響き、古い置時計は午後十二時四十五分を過ぎたところだ。穣はごく少量の作業をわざと間延びさせながら、昼飯のタイミングを計っている。穣が昼飯に出るのは、午前十一時四十五分か、それを過ぎれば午後十三時十五分と決まっている。うどん屋が毎日やっている一日限定十食のカレーうどん四百円を狙うか、そうでなければ弁当屋のまかないサービス弁当五百二十円が三割引きになるのを待つ。それも無理なら、コンビニバイトでもらってくる売れ残りを昼飯に回して、上手にやりくりする。そうやって金を貯めて、ごくたまに豚カツ屋や居酒屋へ出向き、古いレコードを買い集めるのが、穣の暮らしだ。長屋での仕事そのものには、二年ほどで飽きてしまった。自分の技術には自信があったし、請負の出来高制で羽振りもよくなって、最初のうちは順調だった。しかし不景気になり、次第に仕事量が安定しなくなると、何の後ろ盾もないひとりきりの弱さが身に染みた。そもそも、ここへ流れ着いたのが五十歳手前。他の仕事を探すには年を取り過ぎていたし、他人に余計な口を挟まれるとすぐにやる気が失せる厄介な性分が今更和らいだところで、できるのはせいぜいこの仕事くらいのものだと、穣は諦観していた。それでもう、八年だ。我ながら長続きだし、ちょっとした日雇いやコンビニバイトとのバランスも取れている。仕事量が低迷して久しいにしても、結局は堅調と言えなくもないだろう。

　ここでの物づくりに穣が最も失望するのは、長屋の連中には、何の部品を作っているのかいっさい知らされないことだった。この八年いろいろと作ってきたが、それらがいったい何に役立っているのか、穣は知らない。先端をひたすら平たくしたり、両端を丸く削ったり、あるいは中央面を薄くしたりといった数々の作業を担ってきたが、あれらはいったい何だったのだろう。発注元から来る奴に何度か聞いてみたこともあった。これは、何になるのだ。何の部品なのか、と。けれど、判で押したように、

「いやあ、実は俺らも知らなくて。やっぱ下請になるほど教えてくれないみたいです」

と言われるばかりで、確かめることもしなくなった。それが本当だったのか、単にはぐらかされているだけだったのか、結局わからないままだ。自分が何を作っているのかさえ知らないと思うと、このＡ２号室という空間が、世間から切り離されているような疎外を、穣は感じずにはいられなかった。普段は忘れていても、どこかの家の生ゴミの匂いが急に漂ってくるように、その疎外は時たま日常の空気に混じるのだ。穣はもう初老にさしかかる年齢だが、

（若い頃なら、耐えられなかっただろう）

と心の中でふと独りごちるとき、やっぱりＡ６男が頭を過ぎる。

時計の針が午後十三時十五分を指し、穣は作業を中断する。外に出ると、いやに陽光が強くてうんざりする。まかないサービス弁当三割引きに、うまく間に合うだろうか。

月末、遠方から知らない工場の営業担当がA号棟を覗いて、穣に新しい発注を受けられないかと打診してきた。名刺の住所にはついぞ土地勘もない。こんな遠い工場からの打診は、穣がこの長屋へ来て以来、初めてのことだった。

「できればでいいんですけど……」

穣は請負依頼書を見て、目を瞠《みは》る。なかなかの高単価だ。発注数も極めて多い。図面を見る限り、これまで自分が経験してきた技術でまかなえる作業であろうと思えた。

「いやまあ、そう言われてもね。まあ、この数量を短納期でやるんなら、単価はもうちょい上乗せしてもらえるかい？」

と吹っ掛けてみる。意外と愛想の良い声音が出ていて、我ながら失笑する。コンビニバイトのお陰だろう、と思いたい。

「にしても、一度にこんな大量の注文、俺がここへ来て以来初めてだけど……。こんな遠くまでやって来て、お前さんのとこ、かき入れどきってやつかい？」

「ええ、まあ。ひとまず、素材を置いていきますね。できる限り納品してもらうって感じでもいいので」

担当者はそう言った後、

（うまくすれば単価もまだはずむって、社長も言っていましたから）

と穣に耳打ちして、苦笑いもそこそこに退散した。そいつの口臭が、やけに尾を引いた。こんなにいい加減に請けてしまっていいのだろうかと迷ったが、新しい取引先から依頼を受ける経験自体がここ数年はなかったために、比較のしようもない。この気軽さは、案外時代の流れなのかもしれない。

穣は旋盤に油をさし直してから、腕組みをする。はて、どうしたものか。ひとまず、今受けている手慣れた作業を終えてから、例の素材を試しに加工してみる。意外にコツを掴みやすく、数をこなせる。そのまま調子に乗って集中し、数時間ほど作業する。旋盤の音は夕べを過ぎると、虫の声のように響きを変え、やがて他の部屋から響くそれらと呼応しはじめた。どうやら今夕は、他の部屋の機械も賑やかに稼働しているらしい。

二週間経って、依頼書にほぼ近い数を納品し、即金で支払いを受けた。その夜、穣は十数年ぶりに少し高い外国の酒を買ってみた。その国が故郷だった祖父といつか飲んだことのある、懐かしい銘柄だった。また翌日の夜には、コンビニバイトでときたま一緒になる若者が二十歳になったというので、ビール半ダースと小遣いを祝いにやった。久しぶりに、深呼吸したような気分になった。A号棟は、にわかに活気づいていた。というのも、夜のコンビニにA3男がしたり顔で現れて、スルメイカや酒など数千円ぶんもの買い物をして立ち去った。それに、奴は最近機嫌がいいのか、あまり大声でブツクサ言うことがなくなった。A6男の部屋の前には、「書籍など」や「電子機器」と但し書きした小包が頻繁に届いているし、あの無口な男が書留での送金方法について、郵便局で職員とやり取りしている様子を見かけたことさえあった。穣は、自分と同じように新しい発注がA号棟全体に来ているらしいことを知った。

急に金が舞い込んで、上腕の皮膚がいりいりするような違和感を覚えたが、新しい風が吹くときというのは、こんなものなのかもしれない。そのうちに慣れて、皮膚のざわめきもきっと収まる。そうすれは、以前よりも仕事量が増えるだけで、一段と愉快な日々を送れるだろう。穣はにわかに心愉しくなった。気に入りの古いレコードをかけて、今宵を過ごす。口うるさいA3男が来て以来レコードをかけるのは控えていたのだが、今ならあいつも鷹揚に流すだろう。艶やかな音色が快く疾走しはじめ、すぐに古びた部屋全体に伝播した。

異変が起きたのは、ちょうどその「一段と愉快な日々」に到達しそうなほどに、新しい仕事に親しんだ頃だった。夜七時を過ぎ、区切りのよいところで仕事を上がろうという頃、穣の鼻先に異臭が漂ってきた。鉄と体臭とかすかな腐葉土の匂いが入り混じったようで、決して気分のいい匂いとは言えないが、機械油の匂いに慣れている身には、感覚的にどこか受け入れやすくはある。作業場に人間や動物の匂いが入り込めば、たいていこれに似るだろう。しかし、猫除けは相変わらずぬかりなくやっている。俺自身の体臭だろうか。もし、何か動物が入り込んでいるとしたら、廃材で怪我をしないよう追い払った方がいい。匂いの元を辿るように鼻を利かせると、入り口付近の作業棚の上に、ボロ布が黒く濡れたまま落ちている。

（これだな）

元は何色だろう。一昔前の作業着によくある橄欖《オリーブ》色だろうか。触わると指にぬるつきが残り、皮膚を擦り合わせてそれを拭おうとすると、赤茶色の筋を引いた。血である。穣は驚いて、ボロ布から離れた。まだ乾ききらない血液ということは、この近辺に怪我人がいるのかもしれない。穣は咄嗟に外へ出てみる。わざとらしいくらい空が澄んでいて、弓張月が美しい。それとなく他の部屋の様子をうかがってみるが、特に異変はないようだ。

自分の部屋に戻ると、さっきあったはずのボロ布がなくなり、血痕だけが遺っている。穣は確かに奇妙だと思ったが、かつて渡り歩いた仕事場で事務員の中年女が、さっきまでここにゴキブリが居たはずだ、などとしょっちゅう大騒ぎしていたことを、不意に懐かしく思い出した。案外、そういう類の話なのかもしれない。それに、長く生きていれば、多少の不可思議には遭遇するものだろう。

その後、同じような現象がぽつり、ぽつりと続いた。血痕のついたボロ布は、似たような橄欖色の切れ端ばかりだった。時たま、ズボンのチャックのパーツやボタンがついているものがあり、穣はひときわ気味が悪くて、すぐに外の空気を吸いに出る。そうやって少し目を逸らしているうちに、ボロ布は消える。ボロ布が消えてもなお遺る血痕もまた、年代物の棚の木目に浸みこんで乾いてしまえば、どうということもないのだった。

（なに、気にしすぎることもないだろう。）

新しい仕事を請け始めた頃に皮膚の表面に感じていた違和も、慣れてしまえば消えることを、ちょうど学んだところじゃないか。それに、こうして毎夜、長屋のおもてに出るのも悪くない気晴らしだ。スニーカーの底に金属の硬さを感じながら、夜空を見上げる。夜空も毎日、変化していることを知る。月のかたちや雲の流れはもちろん、ネオン街が休みになる木曜の夜は南の空がほんの少し暗かったり、遠くの火事でうっすらと明るい夜さえある。A3男やA6男も、同じ時間に外で見かけるようになった。皆、手持ちぶさたにふらふらと短い時間を外でやり過ごし、また部屋へ戻ってゆく。それだけのことだが、便所で出くわす以上に、この時間はどこか気まずいのだった。

例の工場からの発注数は、月が巡るたびに増えていった。さすがに少し休みたい、と思うほどだが、コンビニバイトをしばらく休んでしまえば、まだ引き受けることができた。昼飯どきに入るうどん屋で、最近よく頼むようになった肉うどんを食べていると、古いラジオから戦争のニュースが聞こえてくる。長屋で働いているからか、穣は世界のニュースにたいした関心もない。いつでも、どこかの国とどこかの国が争っているらしい、という程度だ。スポーツや天気のニュースと抑揚もたいして変わらない伝え方だから、疲れていると頭にも入ってこなかった。祖父が異国の人だったとはいえ、穣自身は外国へ行ったこともないし、この界隈のうどんと豚カツが好物だ。身の回りのぐるりが平和なら、それでよかった。少し酒の量を減らして睡眠をしっかりと取り、穣は真面目に仕事に勤しんだ。
ただ、例のボロ布は、確実に増えていた。一度に数枚から、多いときには十数枚ものボロ布が顕《あらわ》れて、消え去るまでに少しばかりの時間を要した。数が増えると異臭もひどくて、急にA号棟付近で蝿《はえ》をよく見かけるようになった。A3男はなんだか再び怒りっぽくなり、気もちわりぃとか、こんな仕事もう辞めてやる、などと大声でごちて、夕方になると早々に仕事を切り上げるようになった。A6男は、部屋の外で過ごす時間が以前より長くなり、休憩がてら屋外で手持無沙汰に旧式の携帯端末をいじっていたりする。彼らの部屋にも、同じ現象が起きているのだろう。

「……酷いもんだよな」

便所で、A3男とA6男の三人で鉢合わせたとき、A3男がそう語り掛けてきた。穣たちは次第に、あの橄欖色の布に、同胞に対する憐憫のようなものを感じるようになっていた。俺たちみたいな場末の男は、そういうもんさ。いざ戦争となったら、使い捨てよろしく簡単に前線へ送られるんだろう。金持ちの奴らが免れても、俺たちならモロだ。酷いもんだよな。

「……」

穣が何と言葉にしていいか詰まっていると、

「……考えましょう」

と、A6男が急にはっきりと声を発して、穣たちは心底驚いた。

ついに、橄欖色のぼろ切れに別のものが混ざるようになったとき、穣は脳天が割れそうなほどに憤慨した。花柄のやわらかな布、美しい紫のサテン地。パトカーの留め具がついた子ども用のビニルサンダル、ぬいぐるみの耳の端。それらが棚の上に積み重なり、全ては黒い血に塗れている。鉄と体臭が混ざり合ったような生血の匂いが、空気の隙間を埋めつくすように素早く充満していく。穣は匂いに耐えきれず、勢いよく戸を開けて外へ出た。近くにあったバケツに躓《つまず》いて蹴り倒すと、蠅が数匹逃げていった。

その翌日から、穣は仕事をしなくなった。やろうとしても、指先が全く動かなくなったのだ。その代わり、何日間か、深く意識の底へもぐりこむように眠り続けた。鼻先にこびりついた匂いが、眠っている穣の五感をどこまでもリアルにしていた。夢の中で穣は、爆発で骨組みだけになってしまった廃墟の中に隠れている。頭を抱えてうずくまり、その体は橄欖色の軍服に包まれて、震えている。手首に触れる頬骨が穣の身体のそれとは異なっている。腕や脚が長く、金色の体毛が互いに巻き合いながら生えている。穣は、これは祖父の身体であることを知る。皮膚が粟立《あわだ》ち、口の中に溜まった唾を飲み込めずに、唇の端から垂れてくる。黒い血の海が周囲に広がっている。祖父の背中側には、同じ橄欖色の服を着た遺体が折り重なるように転がり、祖父が頭を上げれば、目前には色とりどりの衣服を着た大小の遺体が、支え合うように壁の端に横たわっている。花柄のやわらかな布を体に巻いた老女、美しい紫のサテン地ドレスを着こんだ若い女。小さな男の子が履いていたサンダルは脱げ、パトカーの留め具が血に塗れている。すぐ傍らにいる女の子の手は、ウサギのぬいぐるみの耳を握りしめたまま硬直している。金属を踏むような強張った足音が虚空を切り、次第に近づいてくる。穣は祖父の身体の震えを必死に抑えた。足音が確実に近くなり、ついに、祖父の身体にぴたりと銃口が向けられた。息を潜めている自覚もないまま、祖父の身体は今や硬直し、垂れていく涎を拭うこともできない。敵兵の銃口は、怯えたように小刻みに震え、次に狙うべき対象を探している。祖父の身体は、まるで死んだように動けない。あるいは、こうして穣が入り込めるほどに、意識を失っているのかもしれない。長い時間、祖父の体に銃口は向けられ、やがてその黒い穴は照準を逸らした。ズドン、と大きな音が響き、敵兵は空中を撃ったかに見えた。その引き金のかたちに、確かな見覚えがあった。缶のプルトップが途中で欠けてしまったようなその部品を、穣は祖父の目を借りて凝視した。射撃音とともに、すでに倒れていた女の身体がわずかに宙へ浮いたあと、再び落ちた。女が今殺されたのか、すでに死んでいたものを再び撃たれたのかは、わからなかった。祖父のズボンが温かく濡れ、穣はその身体が失禁したことを悟った。

穣はひとしきり眠り終えると、今度はまったく眠らなくなった。眠れば、あの助けられなかった遺体たちの集積と血の海へ、放り出されてしまう。それに、今度こそ祖父が、あるいは祖父の中に居る自分自身が、殺されるかもしれないと思った。穣は仕事もしないまま限界まで覚醒を保ち、もう二度と眠れないのではないかと不眠に怯え、やっとの思いで眠ると、結局は夢の中の恐怖に怯えた。起きているとき、穣は両の掌をじっと見つめてみる。自分は、あの部品を作っていたのだろうか。

眠りの世界で穣が体験したことが、現実に起きたことだとは思いたくなかった。祖父は戦場での体験を全く語らなかったが、少なくともビニルサンダルやパトカーの留め具が出回っていた時代ではなかったはずだ。けれど、もしかして自分は、祖父の身体を借りて、今この世界で起きている戦争を視たのだろうか。

祖父は穣たち家族と一緒に暮らしていた頃、当時の家屋ではありがちだった雑魚寝を固く禁じていた。わざわざ広い土地を求めて片田舎に住まい、温かいベッドを一人一人に買い与えた。従兄弟たちと三人で縁側に寝そべり、気持ちよくうたた寝していたときでさえ、祖父は一人ずつ抱き上げて大きな揺り椅子に座らせ、はしゃぐ穣たちを見て微笑んだ。あれはひょっとすると、風習の違いなどではなく、臥《ふ》した人間が重なり合うようにひしめくさまが、耐えがたく恐ろしかったのかもしれない。あの体験をしてしまった今では、穣にはそうとしか思えなかった。

Ａ２号室の前で穣が白目を剥いて何とか起きているとき、Ａ６男がやってきた。しばらく無言で、目を逸らしたまま唇の脇をぽりぽりと掻いている。

「…………………」

おいおい、なんか言えよな、と心の中で思いながら頭は半分寝ていた。

「…………………」

いい加減こっちから声を掛けてやろうかと思ったとき、

「……新しい仕事があります」

とＡ６男は言った。

「お前、まだできるのか仕事なんて。新しい仕事ったって、だいたい何作るってんだよ」

結局は、もう何度も反芻してきた愚痴を吐いていた。A6男は穣の手にサンプル素材を握らせた。耳たぶのように柔らかい素材で、いったい何なのかよくわからない。

「ふざけるなよ、切削だぞ」

若い奴の冗談に付き合ってやる元気もなかった。

「……図面と一緒に置いていきます。……俺の前工程、お願いします」

A6男は弱い声でゆっくり喋る。

「どうせ年を取ってくなら、一度はいい仕事……してみたいですよね。どうなるか……わからないですけど……」

ともすれば職人肌の穣には癇に障る言葉だが、A6男のややひるんだような声音は、微妙なニュアンスを表現できないことを恐れているかのようだった。無口なのは、日本語でうまく機微を伝えきれないもどかしさからなのか。父もまた、そうだったのだろうか。

「お前、生まれたのはどこ？　学校は？」

「……ここです、この町。学校は、あんま行かなくて」

「父ちゃんと母ちゃん、仲いいのか？」

かつて、異国の祖父と日本の祖母が些細な言い合いをしていたことを、懐かしく思い出す。

「はい」

「どうやって出会ったんだよ、お前の父ちゃんと母ちゃん」

しばらく黙ってから、Ａ６男は気を張った様子で答える。

「旅行が好きな母が色んな国を旅して……日本で父さんと会いました。今は隣の町に、住んでます。たまに家に帰ると、……チチクリアッテル」

乳繰り合ってる、か。穣はいつぶりかと思うくらい、大声を上げて笑った。笑うと、少し頭がすっきりした。

「……あの部品はだめです。これを、やってみましょう」

Ａ６男は真顔になり、スニーカーの足先を揃えて言った。その得体の知れない、透明なスライムのような素材の箱を置いて、奴は立ち去った。穣はその日の夕刻から明け方にかけて、久しぶりに快い眠りを貪った。

翌朝、穣は例の素材を図面通りに切削してみた。樹脂のように固まる気配さえない、その柔らかな素材を旋盤に掛けると、ふわふわとどこまでも手応えのないままなのに、意外にも思うように削れてゆく。先端を丸めて、尖りのない雫のような形にする。作業はするすると進んでゆく。ぷっくりとした透明な雫たちが、この油臭い部屋を次第に満たしてゆく。昔、母が姉の婚礼衣装を、最新式のミシンを借りて縫っていた光景をなぜか思い出し、穰は目を細めて、両唇の端を持ち上げた。

翌朝起きると雫型になった部品は消え、箱だけが残っていた。そこへまた、A6男が追加の素材を持って顔を出した。

「どうですか？」

「ああ、悪くないよ」

A6男は、一人で合点するように二度頷いて、戸を閉めた。すぐにA3号室をノックする音が響いて、穰は笑みをこぼす。どうやら三人の仲間回しでやるらしい。なあ、A号棟の男たちよ、俺たちは何を作ってるんだろうな。そう言えば、単価も数量も聞くのを忘れていた。けれど、今はどうでもよかった。

雫型の部品の作業を始めて少し経ってから、また棚の上に布の切れ端が顕れるようになった。それはどれも、以前この場所に顕れたことのある布ばかりだった。ぬいぐるみの耳の端、パトカーの留め具がついた子ども用のビニルサンダル、美しい紫のサテン地、花柄のやわらかな布、そして橄欖色のボロ布たち。見知った布たちは、今度はどれも血に濡れることなく、布としての張りを保ったままだ。誰かが身に着けたり、あるいはそっと抱きかかえたりしている物の一部が、淡くこの場所に顕れては消えてゆく。それらは、血塗られた残骸ではなく、連綿と続く生活の証だった。A3男がノックもせずに穣の部屋の戸をバンと開け、

「なあ、良かったよな本当に……！」

と、髭面の中年男には不似合いなほど無邪気な笑顔で言った。A3男があんなに相好を崩す日が来るとは。穣は親子ほども年の離れたA6男を頼もしく思い、

（いつかやってくれると思ってたぞ）

と心の中で呟いてみた。

＊

あれからさらに、十年近い月日が経った。すぐに居なくなると思っていたA3男は、今もこの長屋に居る。A6男は以前よりもやや饒舌になり、綺麗な女をうまく口説いて、数年ほど前に父親になった。もっぱらあの透明な素材の加工に、穣たちは飽きずに熱中して

いる。A6男があの部品の加工代として、月末になるとちょっとした金を渡して来るのだが、穣はこの加工がどの工場の下請でもないことをちゃんと勘で知っている。世間では、こんなにも不可解で愉しい作業に金が支払われることなど無いと決まっているのだ。A6男が支払ってくる金の出どころに、穣は気づいている。奴は宝くじが当たったのだ。駅前の売店で当たりが出たという噂が流れたちょうどその頃から、A6男は穣たちに「月々の代金」を支払うようになったのだから。

布の切れ端は、その後も山ほど顕れては消えていった。どこの国のものかもわからない民族衣装や、どう考えても大戦中のニッポンのものだと思える衣類の切れ端などが、血塗られることなく、誰かの服の一部として躍動を孕んだまま、不意に顕れては消えていく。穣は、切削の技術の成果をそうやって棚の上に見つけては毎夕満足し、一日の仕事を終える。夜、気に入りのレコードをかけ、部屋の前へ出て空を見上げる。雨の夜も、風の夜も、澄んだ晴れの夜もある。

穣は還暦をとうに過ぎ、頻度を下げてダラダラと続けていたコンビニバイトを先日ついに辞めて、このA2号室から出ることもめっきり減った。穣はレコードに針を落として、ひとりごちる。

「ちょうどいい。そろそろ、人目を避けたほうがいいだろう」

というのも、最近気になっていることが一つある。自分自身の存在が、次第に薄く消えかかっているかもしれないのだ。両の掌をじっと見つめると、向こう側がやさしく霞《かす》むように、透けて見える。普通の死が近づいているわけではないことを、穣はもう知っている。祖父は大戦で徴兵され、兵士としてこの国へ侵攻し、祖母と出会って結婚した。俺たちA号棟の仲間で作ってきたあの部品は、過去の戦争の歴史をも修正してきたのだ。穣は、自分も父も、祖父の戦った凄惨な戦争が無ければ産まれることはなかったのだと悟り、もうずいぶん前から覚悟を決めていた。悲しい、と思わないでもない。けれど、祖父の身体を借りて覗き視たあの狂気の世界を思い返すとき、穣はその記憶こそが何よりも悲しいと思えるのだ。俺は消えても、A6男は消えない。そう思うとき、穣は心から安堵する。あいつは母親の気ままな旅の末に生まれた、平和の子どもなのだから。

穣は年代物の作業椅子に腰掛けてレコードの音色に耳を傾け、自分に残された息遣いを静かに愉しむ。人生の終盤に経験した、至福の「仲間回し」に酔いしれる。

## 「工場長屋A号棟」笛宮エリ子
## Fuemiya Eriko

東京の湾岸部近郊は、海岸や河口に近いといった地の利を活かし、明治・大正に工業地帯として発展しました。本作の舞台となっているのは、従業員が数名程度の町工場が多数ある大田区の一画。小さな工場では、個別の技術に特化して仕事をすることが多く、近隣の複数の工場で工程をまわして発注された製品を納品できる、「仲間回し」という独特のネットワークが築かれました。現在このエリアには、最新テックの創出拠点となっている町工場・スタートアップ企業も多数あります。

笛宮さんは、2018年に短編小説「骨とトマト」で第13回木山捷平賞を受賞(本名名義)。2021年には、短編小説「だ」で第3回ことばと新人賞を受賞。同作が文学ムック『ことばと vol.4』(書肆侃侃房/2021)に掲載されデビュー。『ことばと vol.7』に短編「白い嘘」、太田靖久さん主催『ODD ZINE』に掌編「私と、《特》と。」を寄稿しています。

# 糸を手繰ると

斧田小夜

——ぼく、保坂大樹を転生ラマとして認定したい。

謎の文字列からほぐれるように文章が浮かび上がってきたとき、ぼくが最初に思い出したのはとある女性のことだった。彼女の名前は王芳梅《ワン・ファンメイ》、ぼくが異国にくるきっかけとなった中国人女性であり、姉のママ友である。

かんたんな自己紹介に添えるように、中国語読みの王《わん》は犬のようで嫌だ、日本語読みの「おう」と呼んでほしいと彼女は言った。ぼくが面食らっている間に話題は次へ移っている。そう、それ、この間話した茅場町《かやばちょう》の有名なケーキ屋さん。最近職場で聞いてね、すごく高いけどめちゃくちゃ美味しいんだって。ううん、カヌレ。ああ、そうね、あったためたほうがいいかも。そんな会話をきいていると、ぼんやりと焼鳥が頭の中に浮かんでくる。たぶん、門前仲町《もんぜんなかちょう》駅の階段を上ってきたときのせいだ。あの駅は行くたびに匂いが違う。今日は焼き鳥だった。どこからだろうと考えていたら、それ以外考えられなくなってしまったのだ。だというのに、目の前にあるのはカヌレ、という不条理をぼくは受け止められずにいた。

あのときは本当にのんきだったな、とぼくは飛行機のシートに背中をあずけて思った。窓の外には空と雲があり、両者の境界線をきっぱりとわける橙色の線が走っている。どこか不穏な色につき動かされるように手元の紙片を覗き込むと、整然とならんだ美しい手書き文字の下に、ぼくの汚いひらがながつづってある。

――**わたしのしについて、はなしたいことがあります。**

背を丸め、ぼくはまた解読作業に戻る。早く解読したいという好奇心から機内Wi-fiの使用料金を払ってしまったが、生来の貧乏性はぼくに時間制限をかける。残り時間は二十分、いったいどこまで解読できるだろうか。


ぼく、保坂大輝《ひろき》を転生ラマとして認定したい。

あの日、王さんはそう告げた。

あらゆる想定を飛び越える発言だ。姉に呼び出され、どうして「転生ラマ」の話題が出ると思うのか？　ぽかんとしているぼくと姉には目もくれず、王さんは両手を顎下であわせ、あかるい表情を見せた。まさかママ友の親族に条件に合う人がいるなんて、びっくりしちゃった。実はね、中学のときの同級生が転生ラマをブロックチェーンで管理するプロジェクトの主任なんだけど、全然適合者が見つからないんだって。

「転生ラマをブロックチェーンで管理する」

ばかみたいにぼくは復唱する。

字面がまったく頭に入ってこない。脳が理解を拒否している。

転生ラマっていうのは、チベット仏教の高僧が転生を繰り返すというあれだよな、とぼくは頭を整理するために自分に言い聞かせた。チベットの有名な高僧が中国政府に対抗するために「もう転生はしない」と宣言したとかいう話を聞いたことがある。そんなふうに都合よくできるものなのかとおかしく思ったし、そもそも「転生」という言葉も日本人のぼくにはファンタジー世界の設定にしかきこえない。それをブロックチェーンで管理するだって？　バカバカしい。クソ真面目な顔で話すことじゃない。ましてや仕事だなんて、きっと姉と結託してぼくのことをからかっているんだ。

少なくとも三分以上はかかってぼくはその結論を導き出した。

ぼくが動作停止している間も王さんは話を続けている。私もねぇ、びっくりして、他の国に転生することがあるの？　って聞いてみたんだけど、昔スペインに転生ラマがいたこともあるんだって。珍しいけどまったくない話じゃないみたい。あ、登録したくないなら断っても構わないみたいなんだけどぉ、ただ、ほら、日本人って無宗教って言う人が多いけど意外と仏教徒でしょう、もしかしたらと思って。

え、全然信心深いつもりなんてないけど、と姉がつっこんだ。たしかにこのあたりはお不動さまとか八幡《はちまん》さまがあるから他の地域よりは身近かもしんないけど、みんな適当だよ。

「でも、日本人って転生を信じてるでしょ？」

「そんなことないと思うけど」

「うそぉ。でも転生って言ったら通じるじゃない。この間、転生したらなにになりたい？　って息子に訊かれて、わたし本当にびっくりしたんだから」

「マンガとかアニメとかの話じゃなくて？」

話が脱線を始めている。ちょっと待ってください、とぼくはあわてて割って入った。ついでに二人の前にカヌレの皿を押し出し、注意を引くことも忘れなかった。

「転生を信じているかどうかはともかく、どうしてぼくが転生ラマだってことに？」

「江戸っ子ブロックチェーンですよ。あれのハッシュが転生ラマの残した数字と一致したんです。偶然とは思えないでしょう?」

ハッシュ値が、とぼくはまたばかみたいに繰り返した。あれが衝突したんですか?

SHA-512ですよ、ありえない。

話は七月の送り盆まで遡る。

下町の盆は世間一般と異なり七月である。といっても一般にいう「盆」のように親戚一同が集まるような行事ではなく、家の前で迎え火と送り火をするだけだ。新盆が近づくとスーパーにお盆セットという便利道具が並び始めるので、それを買ってくれば準備は万端、至極手軽な行事である。

我が家では送り火の日に家族で集まって夕食をとり、お盆セットを焼いて解散することになっている。ところが姉は昔からこの日を七夕かなにかだと勘違いしていて、毎年ぼくに「お願い」をするのだった。「お願い」の難易度はまちまちだが、拒否権はないに等しい。子供のころは姉の強気と悪知恵でいつも押し切られた。ぼくが成長して対抗手段を得ると、そう簡単には丸め込まれなくなったが、すると姉は対策を練るようになった。最近の姉のやり口は決まっている。ねぇ、大輝ぃ、と語尾を妙にのばし、両手をあわせて顔をしかめるのだ。ちょっとお願いがあるんだけどさぁ、いいかなぁ？

今年の依頼は、甥の夏休みの宿題の手伝いだった。甥の蓮《れん》がプログラミングに興味を持って東陽町《とうようちょう》にある小学生向けのプログラミングスクールに通い出したのだが、ハマりにハマって夏休みの宿題もプログラミングにすると言い出したらしい。しかし姉夫婦にはまったく情報工学の素養がなく、蓮の話をひとつも理解できないという。

「なんか、あれだよ。世紀末って感じの、なんだっけ」

「ブロックチェーンだってば」

とにかくこんな調子だ。

はじめ、ぼくはどんな手を使ってでも断ろうと思った。ＩＴ関係の仕事をしていると、こういった雑な依頼を受けることがよくある。たしかに仕事で少々計算機科学をたしなんではいるが、ロボットプログラミングはできないし、ブロックチェーンには触ったこともない。「プログラミング」とついていればなんでも同じだろうというのは明白な誤解だ。一口にいってもＷｅｂ系、アプリ系、組み込み系、インフラ系、データサイエンス系ほかさまざまな分野があり、主要な言語も考え方も違うからである。さらにプロダクト開発と研究開発では求められるスキルがまったく違っていて、知らない分野のことはわからない。

ぼくが難色を示すと、姉は謝礼はする、とすぐさま言った。うちに使ってないグラボっていうやつがあるから、好きなの持ってっていいってよ。結構新しいいいやつなんだって。ね！　だからさぁ、お願いだよぉ。あたし、ほんとにわかんないんだって。

姉というのはどうしてこうもずるいのか？

グラフィックボードなんて——あればあるだけいいではないか。使う方法なんか手に入れてから考えればいい。ぼくは貧乏性で、姉はそのことをよく知っている。

こうしてぼくは甥っ子とブロックチェーンサービスを考える羽目になったのだった。

最初の関門は小学三年生の蓮にもわかるようにブロックチェーンの説明をすることだった。

ブロックチェーンというのは、データブロックを連鎖《チェーン》させて保存する仕組みのことである。データブロックにはどんなデータを書きこんでもよいし、仕組みを使えばなんだって連鎖させられる、非常にシンプルなアイデアだ。しかし、だからこその難しさもある。

「ブロックチェーンでなにかやる」とは、「なにを連鎖させるか？」という問題に等しいのだが、案外連鎖させたいものがこの世にないからである。

そこでキーになるのが、ブロックチェーンの機能のひとつである、スマート契約《コントラクト》だ。これはデータブロックに操作を加える際に自動で条件判定などを行い、処理を実行する機能である。具体的な例を示すと、美術品や住宅の売買などで所有者が移った時、着金の確認や権利書の譲渡などを自動で行い、さらに結果をデータブロックに記録するといったように利用する。データブロックは強固なセキュリティで守られていて改ざんできないので、弁護士などの第三者の確認を省略できるうえに、二重支払いや不正な権利書へのすり替えを心配しなくていい。

小学生には難しすぎる話なので、蓮はなかなか呑み込めなかったようだ。試行錯誤のすえ、ゲームのモンスターを例にするとようやく腑に落ちたようだったが、夏休みの宿題としてなにをデータとするか、そしてスマートコントラクトでなにを実行させるかという話になるとやはり躓《つまず》いてしまった。蓮が挙げたのは一日にゲームをしていい時間の管理や、友達に貸した漫画の管理――いずれもブロックチェーンで管理するようなデータではないし、なにより大人ウケが悪い。小学生にとって馴染み深いデータかつ、ブロックチェーンで管理するのに適切で、あわよくば大人も喜ぶようなアイデアはないか？

八月に入っても進捗は芳《かんば》しくなく、ぼくたちはすっかり困り果てていた。どんなに頭を捻っても、蓮にとって身近かつブロックチェーンと相性のいいデータセットがどうしても見つからないのである。

「いたずらされたら困るものか、繫がってるものを考えてみたら、なんか浮かぶかも」

つながってるもの？　とモニタの中で蓮は復唱した。机に頰をぺったりとつけて、鉛筆で宙になにかを書いている。完全に集中力が切れているようだ。今日は塾とプールがあったから疲れてると思う、と最初に姉に言われたが、これはもう限界かもしれない。

蓮、とぼくはすこし声を低くして呼びかけた。ぐにゃぐにゃしてないでちゃんと座んなさい。それとももう終わりにする？　終わりにすんならお母さん呼んできて。

うん、と覇気のない返事をして蓮は即座に席を立った。画面の向こうでは姉が蓮に声をかけている。終わったの？　ありがとうって言った？　しかしなにを聞かれても、蓮はうん、うんと気の抜けた声で返事をするばかりだ。

「どう？　進んでる？」

全然進んでないとぼくは正直に答えた。急に集中力切れたみたい。先にちょっとOSS動かしてみるかぁ。このままだと飽きちゃうよな。

夏休みの宿題なんだからそんなにしっかりやらなくていいよ、と姉は体を斜めにして言った。そのままの姿勢で画面の外に「お風呂！」と怒鳴る。早く入んなさい。返事は？まったくもう。ちょっと時間があったらすぐゲームするんだから。

別にいいんじゃない、とぼくはモニタを拭きながら答えた。小三でプログラミングに興味持ってるだけで十分でしょ。

それであんたみたいになったら大問題でしょうよ、とようやく姉はぼくの方を見た。解像度の悪いカメラだが、非難のまなざしは感じ取れる。いい年して実家住まいなあげく、まだモバゲに馬鹿みたいに課金してるんだって？　そういやあんたも子供のころ、子供神輿とかラジオ体操とか嫌いだったよね。ほんとそっくりで嫌になるわ。

「なんで叔父の俺に似るんだよ」

知らないよ、と姉は顔をしかめて手を振った。しかしすぐにぱっと表情を変えて、そうそう！　と前のめりになる。さっき思いついたんだけど、江戸っ子ってどう？　ほら、三代住んだら江戸っ子っていうでしょ。池之端《いけのはた》は微妙かもしれないけど、おじいちゃんは元々は牡丹《ぼたん》の人だし、蓮はほら、生粋の門仲っ子なわけだし。

普段なら姉の意見は一顧の価値もない。しかし今回ばかりは違った。ぼくは腕を組み、少し考えた。

江戸っ子の定義は諸説あるが、姉は親子三代下町に住んでいるという定義はデータブロックの連なりと親和性が高いんじゃないかと言いたいのだろう。下町出身かどうかを判定するには地理と歴史の勉強も必要だから、レポートも書きやすい。さすが池之端で育ち、結婚後は門前仲町、と下町から一歩も出たことのない姉のアイデアである。

悪くないんじゃない、とぼくは言った。あとはスマートコントラクトでなにを実装するかだけど、それは蓮に考えてもらうか。宿題だもんな。


蓮の反応はあまりよくなかったが、蓮の同級生の反応は真逆だった。といってもブロックチェーンに興味をもったわけではなく、自分が江戸っ子かどうか、そしてそれを判定するところにゲーム性を見出したようである。

はじめのうちはネット上で公開されている明治頃の地図からリストアップして、目視で判定を行っていたが、判別用のスクリプトの作り方を教えてやると子供のネットワークを介して噂は一気に広まった。Ｗｅｂ上でプログラムを実行できるサイトを一緒に探し、最初のコードを実行するところまで手伝うと、あとは教えなくてもよかった。最近の小学生は情報端末を学校から配布されているから自分達で勝手に遊べるのだ。

まずお母さんとお父さんが生まれた場所を入れるんだよ、と蓮は元気よく説明する。黒背景の画面に実行コマンドを入力するのが子どもたちには新鮮に映ったようだ。蓮が入力をする様子を固唾《かたず》をのんで見守っているところはかわいらしい。それから、お母さんの方のおじいちゃんおばあちゃんと、お父さんの方のおじいちゃんおばあちゃんの住んでる場所を入れる。わかんなかったら戸籍謄本ってやつを取りにいって——

説明は少々長いが、結果が出ると子供たちは声をあげる。歓喜の声のこともあるし、がっかりしたり悔しがっている声のこともあるが、そうやって結果を待つのが楽しいようだ。興奮がさめないうちに蓮はまた説明をする。ブロックを作ったら受け継ぐものを決めるんだよ。受け継ぐものはわざでもいいよ！

蓮の口ぶりから推察するに「受け継ぐ」というのは漫画やゲームの様式美を意識していたようだが、大人には「遺品」とか「意思の継承」のように聞こえる。なんにせよ子どもたちの興味を歴史や地理、伝統へ自然と誘導する「江戸っ子」というワードはウケが良かった。

あまりに子供たちが判定をしたがるので、ぼくは個人情報をマスクしたシンプルなウェブサービスを立ち上げた。すると趣味としては少し多いくらいのアクセスがあり、ぽつ、ぽつとブロックが増え始める。ぼくは満足だった。江戸っ子は姉の口から出たものだが、それがうまくブロックチェーンに結びつき、多くのひとを楽しませている――

楽しませているはずだった。

王さんが訪ねてきて、転生ラマだとかなんとかいう話を始めた頃からなにかがおかしくなったのだ。

王さんの話によれば、チベット仏教の高僧は死期を悟ると、いつどこで転生するかを宣言するのだそうだ。たとえば、青海省《せいかい》なんとか県のどこどこに雪が融ける頃に生まれる、とかである。生まれる日、屋根に鷹が止まり、一帯にのみ雨が降って雪が溶ける、というように宣言することもあるらしいし、より位が高くなると最高位のダライ・ラマに伺いを立て、決められた通りの日に死没するという。しかしそれでも転生者を見つけるのは困難をきわめる。手がかりを元に子供を呼び出し、転生前に大切にしていた物や人への反応を見るというのが、現在主流となっている判別方法だということだった。

おかしな話だ、とぼくは思った。死の日をコントロールすることなんて、自殺でもない限りできるわけがない。そのうえ生まれる日やその時の情景をあらかじめ決めておくだって？　絶対になにかトリックがあるか、あとからこじつけて遺言に残されたとおりだったととぼけているにきまっている。転生場所を特定する徴《しるし》だって、きっとありふれた描写に違いない。だから候補を数人から十数人に絞り込んで、そこからさらに生前使っていた道具や付き人に会わせるなんてまどろっこしいことをするんだろう。おそらくそこで見るのだって、生来の興味の方向性が修行に向いているかとか、人見知りをしないとかそういうことなんじゃないか？　転生ラマだと認定されたら親元を離れて出家をしなければならないんだから、環境になじめる子供かどうか見極めたほうがお互いに不幸にならずにすむ。長い間かけてそういう知見をためた結果が転生のシステムなんじゃないか？

ところが、ぼくの転生元となった高僧はこういった伝統的な転生をしなかったという。

彼が残したのは、数字の羅列であった。

千や万といった程度ではない。その程度ではとても足りないと彼は確信していたのであろう。数字は六十四桁にもなった。那由多を超え不可思議である。

六十四桁、とぼくは言った。

そうです、ちょうど六十四桁ですと王さんは真剣な表情でうなずいた。三十五年前の甘粛省《ガンスー》ですよ。私は北京生まれなので地方のことは知りませんが、都会でもパソコンどころか、ワープロすら見かけなかった時代です。友人は震えたと言っていました。正体はわからないが、この世には私達が理屈で説明できる以上のなにかがあって、知覚していないだけなんじゃないかって。

　なんかすごいの？　と姉がまた口を挟んだ。大きな数でもたまたまはあるでしょ。六十四ってなんか半端な感じがするし。

　計算機科学の世界だと二の乗数はキリがいい、とぼくは慎重に答えた。六十四は二の六乗だからちょうど六十四。

　ふうん、と姉は相槌をうったが、まだ納得がいかないという表情だ。

「ブロックチェーンのデータブロックにＩＤがあるだろ」ぼくは仕方なく、説明を追加した。「あのＩＤはハッシュって言うんだけど」

「ああ、あのやたら長い文字の羅列ね。長すぎて覚えらんないって蓮に――」

「そう。あれってブロックの中に保存してる名前とかその他のいろんな情報をSHA-512っていう機械にいれて出てきた値なわけ」

「へえ。よくわかんないけど、なんか安全とか言ってなかったっけ」

「ＩＤにするのは簡単だけど、ＩＤから元の情報を復元するのがすごく難しいから、安全だっていわれてる。長ければ長いほど復元が難しいから、五一二ビットなんかは、他の人のＩＤとかぶる確率はほとんどゼロなんだけど、機械に入れてウィーンってやって出すまでの現実的な時間を考えると無限に長くすることはできなくて、一二八ビット、二五六ビット、五一二ビットあたりがよく使われる」

よくわかんなくなってきた、と姉は頬を撫でた。

「六十四はどこいったの？　五一二は六十四じゃないじゃん、バカにしてる？」

「一文字を表現するのに八ビット使うんだよ。だから五一二ビットは六十四文字っていう意味。で、その文字列が偶然に完全一致するのは、宝くじ一等を連続で何回も当てるよりも低い確率なの」

「へーえ。で、なんだっけ？」

「転生ラマが遺した数字と、江戸っ子ブロックチェーンの俺のＩＤが完全に一致してるんだって」

「うそぉ、すごいじゃん」

「だから驚いてんの」

そりゃ驚くわ、と姉は言ったがイマイチ言葉に重みがない。しかし姉に説明したことで、とんでもないことが起きているという実感は強まった。とはいえぼくはまだのんきだった。

　転生って、子供が登録されたらやっぱり修行に出されるの？　と姉が王さんに尋ねた。たとえば北京とか香港とかに住んでたとしても、チベットに送り出されるの？　小学生だったら心配だよねぇ、ふつうの学校に行けないわけだし。

　モンゴルで転生ラマに認定された子で、学校とお寺の両方に通ってるって例もあるみたい、と王さんは笑顔で答えた。裕福なご家庭のお子さんらしいから、親御さんとしてはお寺より学校に行ってほしいんじゃないかなぁ。全然将来が違うもの。昔はともかく、今は色んな選択肢があるでしょう。転生ラマって認定されたら、いろいろと窮屈なことになりそうだし、パスポートが下りにくくなって留学の機会を逃したりなんかしたら本当にかわいそう。自分の子供だったら絶対に登録させないわ、私。

　頭がくらくらする。「文化の冒涜」というワードが宙ぶらりんに頭の中に浮遊していて、ぼくは口を挟めなかった。確かに――さっきまでぼくも同じことを考えていた。生来の興味の方向性が修行に向いているかとか、人見知りをしないとか、扱いやすい子供をあえて選出しているんだ、と。つまり大人の事情で誰を転生ラマにするか決めているんじゃないのか、と疑っていたわけだ。これが文化の冒涜でなくてなんなのか？

彼らは真剣に転生ラマを選んでいるかもしれなかった。選ばれることは名誉であり、僧として高みに至ることや、人々を導くことが使命だと考えているかもしれなかった。だったらなおさら拒否をしなければならないのではないか、とぼくはこめかみを押さえて反省した。中国の歴史には明るくないが、中国がチベットを弾圧しているという話は聞いたことがある。たしか映画になってなかったっけ？　嫌な中国人が高潔な僧侶に暴力を働いて、それを白人が助けるみたいなやつ。チベット人は今も独立を求めていて、悪の中国がそれを阻止しようとあらゆる策を講じている。ぼくは特定の宗教を信仰しないが、宗教的共同体のあり方に口を挟むべきではないという理性はある。部外者である中国当局のやり方は間違っているし、ましてや彼らの根幹に関わる転生を管理しようなんておこがましいと思う。それだけでは飽き足らずチベット人には操作できないようにブロックチェーンで管理しようなんて許されるものではない。信心などかけらもないぼくを転生ラマと登録することで、チベット仏教の影響力を低下させようとか考えているんじゃないか？

「普通の学校にも通わせられるならまぁいいか」

「だめだめ、絶対にだめ。だってチベットにはいい学校がないんだよ。政府がすごくお金をいっぱい出したのに、チベット人の識字率が全然上がんないの。きっと教育の質が悪いんだと思う。それに高所だから体を悪くしちゃう」

「そうなの？　高地療養とかいうよ。空気もよさそうだし……」

「日本の富士山より高い場所なんだから心臓が肥大化して早死するよ！　ダメダメ、絶対にやめた方がいい」

信じられないというように王さんは細かく首を横に振っている。そこまで拒否する話だとは思えないが、中国人の感覚と日本人の感覚は違うのかもしれない。とにかくこのままでは姉と王さんの話が宇宙の彼方まで行ってしまいそうな予感がしたので、ぼくはすかさず次の餌を出した。姉に乞われ、東陽町の食パン工場から直接買ってきたディニッシュパンだ。これでしばらく二人の注意を引ける。

「ところで、他にその高僧の転生ラマだって言われている人はいないんですか？」

「いますよ」

「いるの？」

ぎょっとしてぼくはとっさに声を大きくしてしまった。てっきり空座になっていて困っているという話だと思っていたのに、転生ラマが別に存在しているならぼくの出番はないではないか。

「その方は遺言の数字と関係あったんですか？」

「三十年くらい前から認定されてるらしいですけど、どうですかねぇ。甘粛省に住んでいるチベット族は回族と違って漢族とよく融和してるから、本物なら登録したがらないってことはないと思います。だからたぶんご本人も自分は違うんじゃないかって思ってるんじゃないですかねぇ」

いま当局が把握しているその転生ラマは、還俗《げんぞく》して蘭州で働いてると彼女は言う。ＩＴ技術者ですって。チベット人は大学受験が楽ですし進学に奨学金も出ますけど、それでも僧侶から技術者になるのは大変だったでしょうね。会ってみます？

「え？　会えるんですか？」

会えるのであった。

池之端の家を出て上野御徒町《おかちまち》に向かう間、ぼくは何度も毒づいた。慣れないスーツケースを引いて歩いているとしょっちゅう段差にひっかかって、その度に両手で荷物を引き上げなければならない。池之端はＪＲ、地下鉄六線、私鉄一線が徒歩圏内の便利な場所とうたわれるが、どこへ行くにも徒歩では少し遠く、道が細く、しかも車道と歩道が別れておらず、さらに人が多いので地元民はいつも不平を垂れている。大荷物を運ぶのにはまったくむかないし、海外旅行用のスーツケースなどもってのほかだ。たまに外国人が引いているのをみると、よくやるなと感心しさえする。興味本位で行きたいとか言うんじゃなかった、とぼくは早くも後悔した。

大江戸線に乗って水天宮《すいてんぐう》まで行き、T-CATで中国に帰省する王さん一家と合流すれば、ぼくの冒険はもうおしまいだ。あとは全部任せておけばいい。それでも夢の島あたりに羽田があればもっと便利なのに、と何度も思った。渋谷でさえ地の果てと考えているぼくに、海外は遠すぎる。

北京空港につくと迎えが来ていた。一人は王さんの元同級生であり、このプロジェクトの主任の黄莉萍《ホワン・リーピン》という。王さんから彼女を紹介された時、ぼくは思わずよろめいてしまった。いまだどこか他人事だった「ぼくは転生ラマに認定された」という事実が急に質量をもってのしかかってきたせいであった。

ショートカットがよく似合う、ふっくらとした体格の黄莉萍は、英語名であるジャスミンと呼んでくれと歯切れよく言った。中国語を話さない方は私達の名前を正しく呼べないでしょう。こちらとしても英語名で呼んでもらったほうがありがたいんです。短いですしね。おっとりとした王さんに比べると、だいぶ威勢がいい。

ジャスミンには連れがいて、羅勁松《ルオ・ジンソン》と名乗った。蘭州旅行のアテンド兼通訳をしてくれるという。ぼくよりも背が低く、丸顔にスポーツ刈り、色白で頬が赤いという朴訥《ぼくとつ》な容姿でなんだか餅みたいだ。でも油断はできないぞ、とぼくは両手でスーツケースのハンドルをにぎりしめて思い直した。もしかしたら元軍人とかかもしれない。だってチベット関連の仕事をしてるんだろ。中国は情報を隠蔽してチベットを弾圧している。弾圧って言ったらそりゃ非人道的なことにきまっていて、暴力とかだって振るっているかもしれない。

ぼくの警戒にはまったく気づかず、「ロイと呼んでください」と笑みをうかべて彼はぼくに握手を求めた。大学で日本語を専攻していたので少し喋れます。あんまりきれいの日本語ではないですが。

すごい、とぼくは率直に言った。ぼくなんて半径十キロメートル圏内から出たことないし、英語もあんまりわかんないのに。

そんなふうに警戒しながらはじまった旅だったが、率直にいってなかなか悪くなかった。ロイは人が良くて、世話焼きで、やや押し付けがましいが、こちらを緊張させたり萎縮させたりすることがない。ぼくが戸惑ったり躓いたりしているとすぐに口を出して救い出してくれる。せっかく海外に来たから、ということで北京を軽く観光したが、移動はスムーズだし、観光地の説明もしてくれるし、レストランも外れがない。やたら吉野家や日式ラーメン屋に行きたがるところは閉口するが、言葉が全くわからないぼくがストレスを感じずにいられるのだから大したものだ。ときどき長い時間をかけて交渉をしているのは気になるが、まぁうまくやってくれているんだろう。

そんなロイが不思議そうに何度も聞いたのが、江戸っ子だった。

江戸のことはマンガで知っている、と彼は言う。しかし江戸っ子とはなにか？

江戸っ子の定義は諸説あるが、一般的には親子三代下町に住んだこと、特定の神社の氏子であること、職人であることだろうか。江戸っ子ブロックチェーンは実質下町っ子ブロックチェーンなので、親子三代下町に住んでいることだけが条件だ。しかしこんなふうに答えると、ロイの疑問はさらに増える。下町とは？　江戸と下町にどんな関係があるのか？　なぜ三代なのか？　なぜ職人なのか？

これらの質問に対して明快な回答をするのは難しい。

江戸っ子が住んでいた場所が下町であったのは間違いないのだが、下町の定義は諸説あり、時期によって地域が変わる。江戸時代の下町は本所深川、浅草、神田明神のお膝元となる東京三大神社の氏子地域が有名であるが、東海道の起点となる品川までの一帯も下町とする説もある。明治時代になると市区町村の統廃合にくわえ、人口増による埋め立てと農地の住宅地転用で庶民のすみかは東と北に広がっていった。その後、数々の災禍と復興、経済発展と不景気、そして東京一極集中時代——その度に住民は入れ替わり、庶民街は拡縮を繰り返しながら変化している。とはいえ下町を多くの庶民が住んでいる場所と単純に定義するのでは片手落ちはいなめない。おなじような場所であっても下町と呼べる場所とそうでない場所があり、人々は敏感にその気配を感じ取って下町かどうかを判別する。

こういった説明をひとつずつ丁寧にすればするほど、ロイの疑問はまた増える。下町とそうでないものを区別するものはなにか？　建物の違いか？　職業か？

指標のひとつは土地の高さだ。高い場所は山の手、低い場所は下町。なぜ低い場所が庶民街になるのかといえば、地価が安いからである。ところが高い場所にあっても下町と呼ばれる街もある。文京区を例にすると、本郷《ほんごう》は比較的高い場所にあるが、古い戸建てと個人商店が密集している下町である。ところがすぐとなりにある西片《にしかた》は高級住宅街として有名で、まったく下町の顔をもたない。周囲より高い場所を走る本郷通りを北上していくと、向丘《むこうがおか》は下町、白山《はくさん》は場所によっては下町、駒込《こまごめ》は下町といえる場所も多いが、六義園《りくぎえん》付近は歴史的にみて下町とはいえない。駒込からさらに北、豊島区や北区は広義には下町だが、違うという人もいる。その点、本郷通りより低い場所を並行に走る不忍《しのばず》通りは簡単で、池之端、根津《ねづ》、谷中《やなか》、千駄木《せんだぎ》と海外でも有名な下町が連なっている。しかしこの地域でさえ江戸時代は農地であったから、と下町に入れない場合もあるのだ。

土地の高さ以外に銭湯のある場所が下町だとか、木造長屋が残っているところが下町だとか議論は尽きないが、結局のところ「ここ、なんとなく下町だな」という判定方法しかないのである。

「四川人は我慢強い性格だと言われます」

ロイは自分の見解をはさむとき、このように言う。彼は四川人であり、四川省の首都、成都で生まれ育ったことが自分を形成したと信じているらしい。「広東人は財、河南人は質素、山東人は実直。土地と歴史が彼らをそのように育てるというふうに中国ではいいます。江戸っ子は――」

「派手で見栄っ張りで、宵越しの銭は持たないって言いますね……」

「上海人に似ているんですかね？」

　あらためて説明をしてみると、ろくでもないなとぼくは思った。祖父はどうだっただろうか？　大工だった祖父は声が大きく、口が悪いのでぼくはあまり好きではなかった。口の悪さのせいで窓修理の依頼に来た女性を泣かせたこともあるくらいだ。もちろん本人に悪気はなかっただろう。きちんと修繕をしないオーナーに悪態をついただけで、居住者のことを叱りつけたかったわけではない、と思いたい。そういう意味では曲がったことが嫌いな職人気質だったといえるのではないだろうか。おれはお不動さまと八幡さまにしかお参りに行かねぇんだよと粋がっていたが、根津神社の例大祭が近づくと三月《みつき》も前から神輿がどうのこうのとうるさく言って、祖母に鬱陶しがられていた。酒にはとんと弱いくせに飲み歩くのが好きで、猫が絞め殺されているようと揶揄される長唄を披露したがる。

　それにひきかえぼくはどうだ？　不便だ、どこへ行くのも遠い、店がないと文句を言いながらも下町から出られないぼくを江戸っ子とか下町っ子とよんでいいものなのだろうか？　元カノにこんなところで子供育てるなんてかわいそうだよと言われた時はさすがにむっとしたが、たぶんどこに生まれても土地に執着をもたずに生きていたんじゃないだろうか。ロイのように胸をはって、どこそこの人間だと言う自分は想像できない。

そんな話をしているうちにぼくたちは蘭州に降り立っていた。

まず目に飛び込んでくるのは河と山だ。街の真ん中を横切る大きな河川は中国文明の源泉となった黄河であり、その河の両岸に高層ビルが立ち並んでいる。そしてそれさえも見下ろすのが、街を取り囲む茶色い山々だった。街を両端からぎゅっと圧縮するように山が迫っている。思ったよりも砂埃は立っていないが乾燥は酷く、盆地の上にうっすらとスモッグがかかっているせいで、街全体が青白く見えた。

蘭州がこのように発展したのは、他の土地から人がやってきて街を作ったからだとロイは言った。今の蘭州は中華人民共和国成立後に行われた、石油発掘や石油精製など産業基盤整備によるものである。しかしそのずっとまえからここは人が集まる場所だった。甘粛《かんしゅく》省とは河西回廊、つまりシルクロードの一部であり、蘭州市は「シルクロードの真珠」と呼ばれていたという歴史がある。

ここに来るのは旅人であり、定住者ではない。したがって蘭州人はこの土地をいつか離れるべきだと考えている。こういった土地の状況は、当然人にも影響を及ぼす。旅するのさえも厳しい土地へ果敢に挑戦しているのだから、別れれば二度と会わないかもしれないし、ちょっとしたことで死につかまるかもしれない。旅をする理由もさまざまだ。朝廷の任を受けたのかもしれないし、人には言えない事情がある場合もある。だから旅人たちは互いに詮索をしないかわりに、ある程度の互助を約束しあう。執着を持たず、悪いこともいいこともすっぱりと割り切るのが、こういった土地で生きる知恵なのだ。

四川の人間はもっと違います、と彼は続けた。四川はどこもよいですが、私は成都が一番だと思います。なにより食事がうまい。定住すれば人生を楽しむことに意識を向けられるようになります。たとえば四川人は辛さを恐れないといいますが、食について妥協はしません。ここから離れるべきだと考えたりはせず、いっとき離れていてもいつか戻るべき、戻りたいと考えます。そこが蘭州人とは違う。成都はいいところですよ。歴史があるし、観光地も多いし、おしゃれだし、それに食事がうまい。パンダもいます。

ぼくはすこし笑った。ロイの郷土愛がぼくには少しまぶしかった。彼の話から考えてみると、江戸っ子は四川人よりは蘭州人に似ているだろう。江戸時代に江戸に出てきた庶民は地方から追い出された寄る辺のない人々だった。この先も住み続けるかどうかわからない土地への愛着はなかっただろうし、いつか故郷に錦を飾ることを夢見ている者もいただろう。江戸っ子が親子三代といわれるゆえんは、土地に愛着を抱くようになるにはそれくらい時間がかかるという意味なのかもしれなかった。

その後、時代が変化しても、東京には相変わらず寄る辺のない人々が流入しつづけている。いま、東京という土地に根ざした文化はあるか？　かろうじてあるとするなら、それが下町なのか――

おもしろいですね、とぼくは言った。なんだか、今までにないくらい東京のことを考えます。

ぼくが会う転生ラマは名をジグメ・タシというらしい。らしい、というのは王さん経由で聞いたからだ。ジグメは英語の読み書きができると聞いていたが、中国では日本の主要なネットサービスが使えない――だけでなく、なんとなくロイが直接連絡を取らせまいとしているようにも感じられる。アポイントメントはロイを通じてだし、通訳もロイがするという。

ジグメは話せるのは北京語とチベット語と、英語はちょっとだけ、快適に話をするなら通訳がいたほうが絶対にいいですよ、とロイは自信ありげな表情でいう。ぼくが気にしているのは正しい通訳をしてもらえるかとか、意図的に情報を改変されないかとかいうことなのだが、それについては腹になにか隠しているのか、はたまたなにも考えていないのか、ロイの童顔からは読み取れない。

ジグメは昼の少し前にホテルに現れた。色褪せたよれよれのカーゴパンツにまだ新しいと思われる真っ青なポロシャツ、着古したマウンテンパーカーという出で立ちで、日に焼けているせいかぼくよりずっと歳上に見えた。彼は牛肉麺で有名な店を予約しているという。そのままお茶を飲めるのでゆっくりできますよ。行きたいところがあればご案内しますが、まずは昼飯にしましょう、と彼は言ってはにかんだように笑った。落ち着いた口調だが声はよく通る。

注文を待つまでの間、気まずい沈黙を忌避するようにジグメはぽつ、ぽつと話した。彼はソフトウェアのＱＡエンジニアで、コロナの前は重慶《じゅうけい》にあるテストセンターに出稼ぎに行っていたそうだ。甘粛省に帰省中にコロナ禍がはじまり、テストセンターは閉鎖されてしまったが、そのおかげで以前よりもよい仕事につけたという。

甘粛省はまだ貧しい地域ですから、こうして最先端の技術を使った仕事に就けたことは大変うれしく思っています。家族と一緒に暮らせるのもありがたいです。でも西洋には行きたくありません。ここに来る観光客と話をすると、彼らはチベット族に高潔を期待しすぎる。欲がなく、清らかでスピリチュアルな存在だと思いこんでいるので、現実のわたしたちを見てがっかりします。わたしたちが新しいものを好み、快適なものを求めるせいです。

ジグメの言葉を愚直に訳していたロイは途中で彼の話を遮り、なにかを訊ねた。ジグメは呆れたような困ったような笑みを浮かべ、首を横に振り、答える。するとやおら茶目っ気のある笑みを浮かべてロイは僕に笑いかけた。彼は解脱していないただの人間だと自認しているので、実態に見合わない期待は文化の収奪だと感じるそうです。わたし、ちょっとよくわからなくて、ジグメさんは解脱してないんですかって聞いちゃいましたよ。だって転生ラマなんですから、ねぇ。

ぼくはうまく笑い返せなかった。収奪という言葉の強さに怖気づいてしまったせいだった。

ロイの翻訳を通していると、どこまでがジグメの本音かわからないなとぼくは思った。でもソフトウェアエンジニアとしてならもっとうまくやれそうだ。ぼくはネットワーク技術者であり、運用ではなく研究開発や検証を行う部署に所属している。ロイだってデータアナリストでスクリプトをゴリゴリ書くと言っていたから、転生ラマの件を脇におけばぼくたちはもっと闊達に話をすることができるはずだった。しかし視線をあわせると、お互いが遠い場所に立っていることを意識してしまう。

試験に呼ばれたのは四歳のときでした、とジグメが話しはじめたのは、牛肉麺の丼が出てきてからだった。本場中国料理独特の油の匂いをかぎながら、ぼくはラー油がたっぷりとかかった麺をすすった。ラーメンにしては太く、うどんよりは細い丸麺に油が絡み、山椒と唐辛子の辛さがちょうどいい塩梅で喉を通り過ぎていく。なかなかうまい。二杯目もぺろりといけそうだ。

大人になにを言われたのか覚えていませんが、寺に連れて行かれて、自由にしていいと言われました。ですが、寒い日だったので足を温めてほしいとお願いしたんです。家ではいつもそうしていましたからね。特になにをした記憶はないんですが、しばらくして転生ラマとして出家をすることになりました。

四歳で、とぼくは口元を拭いながら聞き返した。たった四歳で親元を離れたんですか？

珍しくないですよ、とジグメはほほえんでいる。世話役もいますし、寺には子どもがたくさんいます。私は前世の記憶がありませんでしたから、これといって特別な扱いを受けることもありませんでした。楽しいことも、つらいこともありましたが、人生というのはそういうものです。

六十四桁の数字を書いたと聞きましたが、とぼくは尋ねた。あれって覚えていたんですか?

ジグメは驚いたように眉をもちあげたが、すぐに今日一番の笑みを見せた。あのときのことは覚えていないんです。四歳でしたからね、置かれた状況も理解していなかったんじゃないかと思います。どうして数字を暗唱したのかもわかりませんが、たぶんちょうど気に入っていたんでしょうね。

さきほどからずっとこんな調子だ、とぼくは茶をすすりながら思う。絶対にそうだと強弁することはない。ぼくが転生ラマと認定されようが、そうでなかろうがどうでもいい。自分は部外者だというような態度だ。超然とした雰囲気は人生の初期を僧として過ごしたせいだろうか? それとも自分こそが転生ラマだと信じているのか? だったらどうして還俗してしまったのだろうか?

もっと詳しく聞きたい、とぼくは思った。ロイ抜きでジグメの口から率直に聞きたい。ぼくの存在や、転生ラマをブロックチェーンで管理すること、そういった中国政府の介入をどう思っているのか? しかしロイがいるとおせっかいになんにでも口を出される。普段はありがたいが、今はそっとしておいてほしい。

そんな苛立ちがロイに伝わるはずもなく、時間ばかりが過ぎていった。ロイがぼくから離れたのは、そろそろ解散しようかという時間になってからだ。トイレに、と彼が席を立ったのだ。

ようやくチャンスが巡ってきた、とぼくは慌ててスマホを引っ張り出した。ジグメに聞きたいことは英語でメモを作ってきたが、それに答えてもらってもすぐには理解できないだろう。ついでに連絡先も交換して――

ところが、ぼくがジグメのほうを振り返ると、彼は右手を小さく上げてぼくを制した。そして、大丈夫です、と日本語でいう。わたし、日本語わかります。覚えることと得意だから、勉強した。

虚をつかれ、ぼくは黙り込んだ。彼の日本語はたしかにつたなく、外国人特有の訛《なまり》があった。しかし、ある程度の慣れも感じられた。日本語は話せないと最初に言っていたのはなんだったのか？　ぼくはロイの消えていった方角に念のため視線をおくり、またジグメを見た。彼の少し色素の薄い瞳に光が差し込んでいる。高地の光は乾燥したぶん鋭く、彼の繊細な瞳が傷ついてしまいそうに思えた。

「登録してはいけません」

ジグメはまたあの笑みを浮かべている。表情を読ませないというように微笑を浮かべ、ぼくを見ている。憐れむでもなく、おそれるでもない表情だが、声にはわずかに切実な色が混ざっていた。あなたは日本人です。日本の生活がある。登録すると大変かもしれない。ここは本物がいる。だから、心配ありません。

「本物……？」

「はい。わたしは知っている」

「本物っていうのはあなたのことですか？」

ジグメは首を横に振った。

背後を見る。ロイの姿はない。ジグメも同じ方向へ視線を送り、首を横に振った。いつのまに指の間に挟んでいたのか一片の紙切れを指先だけでぼくの方へ押しやり、誰にも見せないでください、と彼は言った。キーボードで打ち込めば、日本語になります。だいじょうぶ、彼らはチベット語を読めません。かいなもたぶん知りません。でもみつからないように気をつけて。解読は日本に帰国してからのほうがいい。ロイはいい人です。もしあなたが登録を断っても責めないと思います。

「保坂さんもお手洗いに行っておいたほうがいいですよ。日本人って清潔さを気にするでしょう、ここならなんとか合格点って感じです。内陸にしては珍しい」

危うく飛び上がるところだった。ぼくはとっさに手を握りしめ、なんでもないふうを装って手を机の下に引き込んだ。ロイは笑顔で腰を下ろす時間も惜しいというように体を乗り出している。いま、日本語が聞こえた気がするんですが。

すこしだけ、とジグメが首をすくめて照れたように笑った。あなたたちのために勉強をしました。でも。首を横に振り、彼はまた笑う。むずかしい、ヂエンクです。本当に。ヂエンク、ヂエンク、とロイが上機嫌に繰り返した。ぼくが首をかしげると、艱苦《ヂエンク》とは困難という意味です、と言う。ヂエンク、この土地を形容するのにふさわしい。

こうして紙片はぼくの手に渡った。ホテルにもどってすぐに解読したいという衝動にかられたが、ジグメから帰国後にと念を押されたことを思い出してぼくは大人しくしていた。うっかりなくさないように財布の奥に大切にしまい込んでも、紙片が熱を持っているようで存在を感じられる。ぼくはずっとどきどきしていた。たとえば駅の荷物検査で見つかるんじゃないかとか、飛行機に乗る前に急に制服の人物に声をかけられるんじゃないかとか、自分がスパイかなにかになったような気分だった。

ぼくの懸念はなにも大げさなことではない。その辺りを歩いている人が急に呼び止められ、どこかに連れて行かれるという状況はかなり頻繁に目にした。ロイに訊ねると、さあ、なんでしょうね、なにか怪しかったんじゃないでしょうか、と言う。中国には監視カメラがたくさんあって顔と身分証が紐づいていますから、犯罪をするとすぐに照合されます。よくあることですよ。つまりぼくも突然声をかけられ、どこかに連れて行かれるかもしれない。そう考えるとほんとうに恐ろしくて、なにも行動にうつせなかった。飛行機に乗り、離陸をしてようやく緊張がとけたが、機材トラブルとかなんとか理由をつけて引き返す可能性もあると考えると大っぴらに紙片を広げる気にはなれない。人の気配を感じたらすぐに手のひらに隠して知らん顔をする。そうしながら、ゆっくりと解読を進める。

さいわい、解読方法はすぐにわかった。ジグメが「キーボード」と「かな」というヒントを伝えてくれていたおかげだ。チベット文字のキーボード配列とかな配列を対応させているので、文字をすべてひらがなに置き換えていけばいい。

そうして解読に成功した最初の一文が「わたしのしについて、おはなししたいことがあります」だった。

どきりとした。「し」に「死」を連想したせいかもしれなかった。

──しのことをちべっとではとぅるくといいます。けれどもわたしのしはとぅるくとよばれません。かんじんのせいふからとぅるくとみとめられていないからです。

ひらがなだけでつづられた文章に変換するのは難しくない。けれどもそれを理解し、かみくだくのは時間が必要だった。ぼくは時間を忘れ、解読に没頭した。小さな紙片にぎっしりと詰まった文字がぼくをとらえて離さなかった。


わたしの師について、お話したいことがあります。

師のことを、チベットではトゥルクといいます。けれども、わたしの師はトゥルクと呼ばれません。漢人の政府から、トゥルクと認められていないからです。

師とわたしは子供のときから、ずっといっしょにいます。わたしが転生ラマとみとめられた日も、師はわたしと一緒にいました。わたしは足が冷たいと感じ、大人にあたためてほしいとお願いしました。師はわたしのあとを付いてきて、大人の膝に座りました。そして私に数字を伝えたのです。今から言う数字を覚えなさい、と彼は言いました。そして覚えられなかったとしてもはずかしいと思うことはありません、と言いました。私は興味を持ち、数字に取り組むことにしました。子供でしたから、深く考えなかったのです。このようにして私はトゥルクと認められました。

それからもわたしは師とずっと一緒にいましたし、わたしは彼と一緒にいたかった。最初にあったときからわたしは師のことが好きでした。今もその気持はかわりません。今、師はリンポチェと呼ばれています。リンポチェとは、チベット語ですばらしい師という意味です。

師は最も大きなトゥルクに会いたいと考えていて、いつかチベットを出るつもりでいます。私達と、大きなトゥルクの縁が続くようにと師は願っています。大きなトゥルクが中国を出ていって長い時間が経ちました。亡命政府の下には第三世代の子どもたちがいて、チベットのことを忘れつつあります。また、ここで生まれ育つ子どもたちは大きなトゥルクのことを知りません。師は子どもたちのために行動しなければならないと考えています。でもたとえ地方の小さな寺であってもトゥルクと認められると、政府の監視がありますｰ。リンポチェはトゥルクよりも少し自由です。師が少しでも自由に旅ができるよう、私はトゥルクの身分を今も保持しています。

政府はわたしたちに信教の自由、民族の文字と言語を使用する権利を認めていると言います。たしかに甘粛《ガンス》では信仰があります。寺に行けるし、出家もできます。けれども大きなトゥルクのことを口にすることはできません。ここは自治区ではないので、警察が漢人です。見つかれば罰せられます。しかしそれよりも重大なのは言語です。チベット人にとって言葉は最も大切なものです。僧は最初に経文をすみずみまで覚えます。仏の残した言葉を知り、それについて何度も繰り返し考えることによって自分のものにします。最初のステップとして、すべての言葉を覚えることが大事です。

しかし漢人はこのことを理解せず、よくないと考えています。漢人はチベット族を解放したと考えています。そして悪習の染み付いたこの未開の土地を開発し、新しいもので埋め尽くせばチベット族は幸せになれると思っています。街に出て、私はたくさんの漢人と知り合いになりました。人にはそれぞれの考えがありますが、チベット族に対して漢人はおおむねこのような認識を持っています。そして漢人だけが、チベット族を解放できると思っています。彼らは悪い人ではない。たいていはいい人です。正確にいえば、いい人と思われたいという欲を隠せない人々です。したがって他人からよいと思われる行動を取り、よいとされる話を信じ、よいと承認されることで自分は正しいと理解します。けれども、本当の正しさとは心の奥深くに降りて行って、何度も問答を繰り返すことでしか得られません。わたしたちの文化にはそのことが刻まれています。昔のチベットにはたしかに悪いところがありました。けれども、チベット人は自分たちでそれを正すことができます。今も、これからも。だから漢人のやり方は間違っている。

わたしはわたしの師のために生まれたのだと思います。師のためにあることが、わたしの正しさです。あなたの話を師に伝えました。すると師はいいました。あなたはあの数字を持って生まれた。だからあなたもトゥルクです。魂が複数に分かれることは珍しくありません。

わたしは師にあなたのことを守りたいと言いました。師はそうするのがよいでしょうと言いました。だから、あなたにここに来るべきではないと伝えなければならない。そしてもし、あなたにそれができるなら、大きなトゥルクに会いに行くと良いでしょう。

楽しかったです、というロイの声がよみがえる。ジグメと別れたあと、ぼくたちは軽くその辺りを観光し、ジグメに勧められた回族のレストランに入った。

いや、蘭州はいいところですね、と彼は満足そうに丸い腹を突き出して言った。もうあの牛肉麺が懐かしい。調べたら北京にも何店舗かあるそうなので、帰ったらさっそく行ってみようと思います。もし保坂さんがよければ、明日の飛行機までにもう一杯行っておきますか？　もう一軒、人気のお店があるらしいです。きれいで、日本のメディアが取材に来たこともあるそうですよ。彼の言葉には邪気がなく、しんから出張旅行を楽しんでいる雰囲気があった。

黄昏を迎えた街は騒がしく、濃い山の影が街にのしかかっている。夜が来たのだ。

ここの夜は暗い、とぼくは思った。もちろん街灯はある。ぽつ、ぽつと橙色の寂しげな光が灯って、人々に光を分け与えているが、光の間には必ず闇があった。

そういえば都内ではあんまり闇を見たことがないな、とぼくはその光景を見ながら思った。街灯の間隔はもっと狭く、光が消える前に次の光源があらわれ、ぼくの行くべき道を照らしてくれる。だから人々は闇に怯えることなく、深夜でも歩き回っているのかもしれなかった。

ところがここはそうではなかった。そこかしこから肉を焼くにおい、黙っていても鼻の奥まで入り込んでくるスパイスの香りがするのに、光はつつましく控えている。ここでは匂いのほうがずっと輪郭がくっきりとしている。門前仲町に漂う、元の姿を特定できないあの形容しがたい匂いとは全く違う。白く汚れた窓の向こうに、闇に追い立てられるようにバイクや自動車、時々家畜が通り過ぎる。角に引き綱をかけた牛、荷物をいっぱいに積んだロバ、道行く男性の多くは白い帽子を被り、舗装されていない道をひょいひょいと歩いていく。そんな彼らの上には天にそびえ立つ摩天楼と、その行く手を阻もうとする荒涼とした山々の影があった。

ここは異国だった。ぼくの知るどんな街とも違っていた。

そういえば、保坂さんがトイレに行っている間に江戸っ子のことをジグメと話したんですよ、と注文をいまかいまかと待ちながらロイは言った。どうして親子三代という条件なのか、と議論してみました。彼は、おそらく三世代目以降は元の土地を知らないからだろうと言いました。元いた土地を忘れ、新しい土地に馴染むようになる。けれども住んでいるからといってその土地に愛着を持つとは限らない。愛着は人を苦しめますが、ないからといって苦しまずにいられるわけではありません。愛着を持てないこと、つまり無関心《》も苦しみを生み出すからです。このように土地に対して苦しみを抱く人々のことを「江戸っ子」と呼んだのではないでしょうか？　いや、さすが転生ラマです。興味深い議論でした。

ロイはいい人だった。それだけは間違いない。

食欲を掻き立てる香ばしいラム肉の串にかぶりつき、ロイが手の甲で口元を拭う。じろじろとこちらを値踏みするように見ている店員の視線は全く気にしていない。彼の横からぬっと焼きうどんのような皿が出てきて、ガチャンと音を立てたが、それにもまったく無反応だ。おおらかな人だな、とぼくは改めて思った。

それで、とロイは言う。どうします、登録します？　十代や二十代になってから転生ラマと認定される例はありますから、システムとしては可能です。ジグメのように還俗していても登録は続きますし、出家は必須ではありません。チベット族の了承も不要ですよ。もちろん甘粛の寺に出家して僧侶になりたいというのも止めませんよ。正直、保坂さんが、お経っていうんですか？　あれを暗唱されたときはびっくりしました。もう十分僧侶みたいなものだと思うので、たぶん甘粛の寺も受け入れてくれるでしょう。

ぼくが唱えたのは深川不動尊の賽銭箱の上に掲げられている真言だ。なんとなくご利益がありそうで行くたびに読み上げているから、一部だけは覚えている。最初はのーまくさんまんだー。途中はさっぱり覚えていないが最後は、うんたらたーかんまん。

ジグメとロイは驚いた顔をして、すごいすごいとぼくを称賛してくれたが、こんなありさまで出家などできるはずもない。

形式だけ登録する場合、ジグメはどうなるんですか？　彼の登録は破棄されるんでしょうか、とぼくはロイの世辞に応答せず、質問した。ちっとも気を悪くする様子を見せず、ロイはきちんと説明をしてくれる。

「システム上は一人しか登録できません。ジグメはあなたが望むのであれば自分は身を引いて構わない、と」

本心ではないだろうとぼくは無言で推測する。ジグメははっきりと言った。登録しないほうがいい、と。ぼくには彼が見ている世界を知ることはできないが、日本で調べた情報をもとにすれば監視の対象になったり、なにか不自由なことが起こったりするだろうということは想像にかたくない。あえて不自由を選ぶことはない、彼はそう伝えたかったのではないか。

「彼は——一般人に戻るとメリットはあるんですか？」

「どうでしょうねぇ。生活は変わらないと思います。すでに還俗されてますし、それに今の仕事ならそのうち蘭州市に戸籍を移せるでしょう。登録しているからといって都市部への戸籍移行ができないという法律はなかったと思いますが、そこは確認してみないとなんとも。海外旅行はさすがに厳しいと思いますけどね。個人旅行のビザは下りにくいですし、少数民族は収入が少なくてビザ取得条件を満たせないので」

ポーン、と頭上から音がしてぼくは現実にひきもどされた。辺りは薄暗いが、異国の匂いは消えている。飛行機の窓の外は暗く、隣席の乗客がやおらごそごそしはじめる。頭上にはシートベルト着用サインがついていて、まもなく着陸だとアナウンスがあった。ぼくはすでに本州の上にいる。十数分後には羽田空港に降り立っているだろう。頭の中ではまだ白っぽい埃にまみれた街を眺めているのに、なんだか変な感じだ。ジグメに渡された紙片には、やはり魔法がかかっているのかもしれない。

遠くから近づいてきた青白い光が機体を包み、窓の外が明るくなる。身を乗り出して外をのぞくと、青白い光がきらきらとまたたいて、碁盤目状の区画を縁取っていた。また機内にアナウンスがかかる。飛行機は高度を下げ、東京湾上を旋回している。夜が始まったばかりの街は光をまとわせた巨大な生き物のようだった。光が鼓動のように規則正しく明滅している。

あの中にぼくたちは生きている。

そんなふうに考えていると、飛行機の翼が視界を遮った。また外が見えるようになったときには、倉庫の立ち並ぶ海岸線が間近になっていた。

光の先にはぽっかりと闇が口をあけているのに、乗客は微塵もおそれるふうはなく、静かに揺れに身を任せている。ぼくはシートに身をあずけ、頭の中で真言を唱えた。

のーまくさんまんだー。その後はやはり思い出せない。

参考文献

Peter Hesler「中国人の目を通したチベット」（訳：葉っぱの坑夫）
『消息世界：そのときわたしは』／https://www.happano.org/8

（初出『アトランティック誌』／一九九九年二月号）

## 「糸を手繰ると」斧田小夜
## Onoda Sayo

東京の下町に馴染みのない読者の方は、「下町」と言われてもどこのことかピンとこないかもしれません。「下町」という名称は江戸時代に、町人たちが住む、江戸城（現在の皇居）の見える標高が低い土地を城下町と呼んだことが始まりと言われています。本作でも出てきますが、その後時代や文脈によって「下町」と呼ばれる場所は変遷し、1970年代にはノスタルジーの対象として「発見」されました。その変遷をたどるだけで何冊も本が書けてしまいます。

斧田さんは2019年に「飲鴆止渇」で第10回創元SF短編賞優秀賞を受賞。同年、「バックファイア」で第3回ゲンロンSF新人賞優秀賞を受賞しています。受賞作「飲鴆止渇」で東京創元社からデビュー。冴えないギークの少年による、ささやかな〈革命〉を描いた表題作「ギークに銃はいらない」などを収録した短編集『ギークに銃はいらない』（破滅派／2022）を刊行している他、多数のアンソロジーに短編小説を寄稿しています。

# あとがき（謝辞にかえて）

まずは、ここまでお読みいただきありがとうございました。

あるいは収録作をすっ飛ばして、ここから読まれている方もいるかもしれません。私もあとがきから読むタイプですので、こちらでは収録作のネタバレは避けています。ご安心くださいませ。

さて、本書は「東京下町をテーマに編まれたＳＦアンソロジー」です。すでに収録作をお読みいただいた皆さま、本書の読み味はいかがだったでしょうか？

下町、と言われたときに多くの人が思い浮かべる景色には、じつのところそれほどバリエーションがないのではないか、と私は考えています。下町と聞いて、思い浮かんだのは夕焼けの商店街でしょうか。それとも銭湯か、神社仏閣か、御神輿の出るお祭りか、あるいは狭い路地で遊ぶ子どもたちの姿か……、なかには某フーテンの彼の後ろ姿を思い浮かべた方もいるかもしれません。

　これらのイメージには、郷愁という共通点があります。

　下町、と人びとが聞いたとき、そのワードと郷愁は切っても切れないものではないかと私は考えています。実際の下町は、もちろんそうした景色も多く残してはいますけれど、今では再開発が進んだり、スタートアップ企業のオフィスやおしゃれなカフェがあちこちにできたりと、安易に郷愁ということばだけでひと括りにするには難儀な町がほとんどです。それでも、インバウンド向けにつくられた観光施設などには、やっぱりどこかに郷愁や風情を感じてもらえるような工夫が施されているように感じます。それがいいとか悪いとかではなく、ただやはり、どんなに再開発が進んで、今どきのお店や会社が増えてもなお、人びとは下町に、懐かしさを重ねているのではないかなと思うのです。重ねているというよりは、もとめている、というほうが近いのかもしれません。

　前置きが長くなりましたが、「下町」をテーマにしてアンソロジーをつくることになったとき、私にはひとつ心配がありました。

　それは、収録作が似たり寄ったりにならないだろうか？ということです。

下町というイメージの共通性に引っ張られ、作品のバリエーションが偏ったり、設定が重なったり、似たようなノスタルジーを喚起する作品ばかりになったら、せっかくのアンソロジーなのにもったいないな……と思ったのです。

すでに収録作を読まれた方は、私の浅慮を鼻で笑われているかもしれません。私の心配はとんだ杞憂で、ひとくちに「下町」といえど、じつに多種多様な作品がこの一冊に集まることになりました。どの作品も、今まで見たことがない新しい下町の景色を、ＳＦというフィルターを通して見せてくれたのではないかと思います。

トウキョウ下町ＳＦ作家の会の理念は、主流ではない属性を持つプロ作家の活動を支援すること、そして敷居が高いと思われがちなＳＦの門戸を開く特異点となることです。これまでYouTubeでの動画配信などを通して、その理念のために活動を行ってきました。そんな中で、今回こうして「トウキョウ下町」を冠したアンソロジーを一冊の本として出版できたことは、私たちにとってもひじょうに大きな一歩になりました。

今回の企画ではトウキョウ下町ＳＦ作家の会のメンバーのほかに、大竹竜平さん、桜庭一樹さん、東京ニトロさん、笛宮ヱリ子さんの四名を執筆陣として迎えることができました。いずれの作品も個性豊かで、既存メンバーだけでは出せなかった奥行きと広がりを、このアンソロジーに加えてくださいました。下町という括りのなかで、それぞれがこれほど違った読後感を持った作品をお寄せくださったこと、大変感謝しています。

また、公募を募った際には、多くのすばらしい作品を拝読させていただきました。こちらに掲載できなかった作品のなかにも、選考時に強く推された作品が複数ありました。とくに、仲白針平「百貨踏み」の斬新な着眼点とそれをしっかりSFに変換してくる面白さ、石倉康司「水中のシャロン」の抒情的ながら下町を舞台にする必然性をきっちり活かした世界観、Yoh クモハ「とと」の軽妙な語り口と期待を裏切る展開は、選考会でも話題となりました。こちらで詳細にふれることは控えますが、いずれもそれぞれ本当に面白く、最後まで白熱した選考会となりました。もちろん、ここにあげたもの以外にも高水準の作品が多く寄せられ、泣く泣く掲載を見送った作品もありました。短い応募期間と窮屈な規定にもかかわらず、ご応募くださった皆さまには心よりお礼を申しあげます。

本書の装画はトウキョウ下町SF作家の会のメンバーである久永実木彦さん、装丁を谷脇栗太さんが担当してくださいました。久永さんは今回スケジュールの関係で小説での参加ができなかったのですが、かわりに何とも愛らしい猫たちのイラストを寄せてくれました。Kaguya Booksの他の書籍でも装丁をされている谷脇さんには、今回も絶妙なバランスで装丁を整えていただきました。

また、アンソロジーの企画、編集から広報にいたるまで、ＶＧプラスの井上彼方さんには大変お世話になりました。加えて、本書を編集するのにここまで一緒にやってきたトウキョウ下町ＳＦ作家の会のメンバーに、この場を借りてお礼を言わせてください。

どうもありがとうございました。

どうかこれからの下町とＳＦの未来が、ますます明るく楽しいものになりますように。

二〇二四年、初夏

トウキョウ下町ＳＦ作家の会　　大木芙沙子

**編者：トウキョウ下町 SF 作家の会**
東京の下町エリアを拠点とする SF 作家の会。 女性のプロ作家を主体とし、主流ではない属性を持つプロ作家の活動を支援すると同時に、敷居が高いと思われがちな SF の門戸を開く特異点となるべく活動している。〈トウキョウ下町 SF 作家の会〉という YouTube チャンネルで、SF 作品の紹介や執筆に役立つテック系の解説の動画を配信している。

**装画：久永実木彦**
作家。愛妻家、愛猫家。一緒に暮らしている猫の名前はおやつくん。『七十四秒の旋律と孤独』(東京創元社／ 2021)をはじめ、人類が滅びた後の世界を描いた作品が魅力の一つ。近著『わたしたちの怪獣』（東京創元社／ 2023）は、第 55 回星雲賞を受賞した。
**〈装画のバックストーリー〉**──*人類滅亡後、トウキョウ下町の猫たちは町工場の廃材を利用してキャット・タワー・マ・フをつくりあげ、自分たちの世話をさせた。*

**装幀・DTP：谷脇栗太**
イラストレーター・デザイナー・編集者。大阪のリトルプレス専門店「犬と街灯」、および出版レーベル「百匹ブックス」代表。朗読詩人としてライブ活動も行う。

# トウキョウ下町SFアンソロジー：この中に僕たちは生きている

2024年9月30日　初版第一刷発行

編　者　トウキョウ下町SF作家の会

発行人　井上彼方

発　行　Kaguya Books(VGプラス合同会社)
〒556-0001
大阪府大阪市浪速区下寺2丁目6-19 ヴィラ松井4C
info@virtualgorillaplus.com

発　売　株式会社社会評論社
〒113-0033
東京都文京区本郷2-3-10 お茶の水ビル
TEL 03-3814-3861　FAX 03-3818-2808

装　画　久永実木彦
装幀・DTP　谷脇栗太
印刷・製本　株式会社シナノ



ISBN 978-4-7845-4152-2　C0093

KAGUYA Books

# シリーズ《地域SFアンソロジー》

## 2045年、大阪。

**大阪SFアンソロジー：OSAKA2045**
正井編／青島もうじき・北野勇作 ほか
1500円（税抜）／社会評論社／978-4-7845-4148-5

万博・AI・音楽・伝統、そして、そこに生きる人々——。そこにあるのが絶望でも、希望でも、このまちの未来を想像してみよう。

## そっと、ふみはずす。

**巣　徳島SFアンソロジー**
なかむらあゆみ編／田中槐・田丸まひる ほか
1800円（税抜）／あゆみ書房／978-4-9913313-0-5

全作、徳島が舞台！　徳島で暮らす7人の女性作家と、徳島にゆかりのある小山田浩子・吉村萬壱が参加。

## 観光地の向こう側。

**京都SFアンソロジー：ここに浮かぶ景色**
井上彼方編／藤田雅矢・麦原遼 ほか
1500円（税抜）／社会評論社／978-4-7845-4149-2

1200 年の都？ いえいえ、わたしたちの棲む町。アート、池、記憶、軒先駐車、松ぼっくり——。妖怪もお寺も出てこない、京都の姿をお届けします。